JN163687

怪談5分間の恐怖

中村まさみ

見てはいけない本

親による子殺し、子による親殺し、無差別殺人、親や身内による虐待死……。
なぜ、人の世はここまですさんでしまったのでしょう。
人の心にひそむ闇が、日を追うごとに深くなり、
それまではあたりまえであったはずの感情を無にしてしまう。
そんな闇におかされそうな世の中に、一筋の光が届いたなら……。
自らの存在こそが奇跡であり、それは〝いまを生きたかった〟人々の上に存在する。
怪談というツールを用いて、
ほんの一瞬でも命の尊厳・重さ・大切さを感じてもらえたなら……。
そんなことを思いながら、
これからわたしが体験した〝実話怪談〟をお話ししましょう。

怪談師　中村まさみ

もくじ

ツーマンバス 6
校内放送 12
戦友 15
猫喰い（ねこぐい） 23
あるホテルのできごと 34
名刺（めいし） 40
もらった家 45
お念仏 49
友を思う 54
幽霊（ゆうれい）マンション 59
幽霊（ゆうれい）の現れ方 62
練炭車（レンタカー） 69

ほこり 76
お化けトンネル 82
「びっくりしたんだけど」 96
田端の家 100
こっくりさん 110
花の精 114
笑う男 120
あっ！ 140
カチ、カチ、カチ 143
ヒールの音 146
レコード 150
化粧鏡 154
細い手 164
初めての話 169
はなれ 174
見てはいけない本 179
古着屋 183
こわい話 187
民宿 196
原状回復工事 204
花束 215
赤ちゃん人形 231
死後の世界 245

ツーマンバス

数年まえ。

友人が急病でたおれ、その見まいのために、北海道東部の小さな町を訪ねたことがある。新千歳空港で飛行機を降り、そこからはバスを乗りつぎ乗りつぎ、五時間におよぶ行程を余儀なくされる。

なん本かの乗りつぎをくり返すうちに、どんどん周囲がさびしくなっていく。

場所がら、それも当然といえば当然だ。

最後の乗りつぎ地である、小さなバス停に降ろされたときには、すでに周囲は真っ暗だった。なにもない。だれもいない。本当に、なんにもないさびしい山中。

時刻表を見てみる。

「えーと、いまが十八時四十分だから、次の便は……十九時五十分か。えええーっ！」

おどろいたひょうしに出たわたしの声が、周囲の山々にこだまする。しかたない。なにをどうさわいでも、こないものはこないのだ。

「まいったな。これはまじでまいったな。クマかなにか出そうで、まいったな……」

街灯もない。いや、あるにはあるのだが……みごとに電球が割れている。

「はだか電球なんか、いくらもしねえんだから、せめて替えとけよな！」

いろいろぼやいてみるが、やはり目のまえのじゃり道は、静かにたたずんだままだ。

周囲にときおりふく風が、ダケカンバの葉を、さわさわとゆらしては過ぎてゆく。

わたしはくちかけたベンチに腰を下ろそうと試みるも、座面に堆積した土ぼこりがひどくてかなわない。

やれやれと下ろしかけた腰をもどし、わたしは藍色に影を落としたいなか道の先を、ただうらめしげに見つめていた。

と、突然、闇の中では目が届かぬはずの鳥たちが、いっせいにまい上がるのがわかった。な

にかが……坂を登ってくる。
闇烏の羽音が収まるのを待ち、坂の下に向けてそっと耳をそばだてた。

んおおおおおおぉぉぉぉぉぉぉぉ……んん

エンジン音。しかもそれは……確実に大型エンジンのそれだ。
しだいにその音は明確になっていき、いまはエンジンの音にまじって、じゃりをふみこむタイヤの音までが聞こえている。

それがバスなのか、トラックなのか……。
いや、それがトラックだとしても、ヒッチハイカーのように便乗させてもらおう！
わたしはそう決意していた。
音はしだいに近くなる。
ところが、その〝姿〟が、どこにも見当たらないのだ。

（な、なんだ？　ここには別に、並行する道かなんかがあるのか!?）

そう思ったとたん、自ら「ばかな、そんなはずはない」と声に出して打ち消した。依然、音はどんどん近づいてくる。

いまやそれは、すぐ目前にまでせまっていた。

「あっ!!」

気がつくと、すぐ近くに惰性速度ともいえる、のろのろ運転で進んでくるバスがいた。

ヘッドライトを消し、車内にも車外にも照明の類いがいっさいない。アイドリング程度にまで落ち切ったエンジン回転数のままで、じわじわと進んでくる。

しかもだ。

しかもその車体は、わたしが小学校低学年のころに、路線用に投入されていた型式であり、いまとなっては、交通博物館にでも行かないかぎり、決してお目にかかることのできないものだった。

「な、なんでこんな……」

ギギッガシャアッ！

おどろくわたしをしり目に、車体の中ほどにある、じゃばらドアが開いた！

「乗りますかぁ!?」

声のする方を見ると、真っ暗な車中に女性の姿が……。

（しゃ、車掌か!?）

その瞬間、頭の中に〝乗ってはいけない！〟という声がひびいた。

「いや、乗らないです」

「……」

瞬間的ではあるが、そこにはおかしな沈黙があったように思う。

「発車、オーライ！」

ギギッガシャアッ！

ドアの閉まる音。

そして次の瞬間(しゅんかん)、目のまえからすべてが消え去っていた。

校内放送

先日、めずらしく友人Kが、小学生の息子をともなって遊びにきた。

くるなり、その息子が、なにやらいいたげにしているので、「どうした?」と聞いてみる。

つい先日、給食のときにかかる校内放送で、しゃべっている児童のうしろで、なん人もの男女が、すすり泣いているのを聞いたという。

「かんちがいとか、聞きちがいとかいうことは、考えられない?」

わたしが聞くと、息子は話を続けた。

そのときはクラス全員がその声を聞いており、いっしょに食事をとっていた先生までも「なにかあったのかもしれないから、ちょっと放送室を見てくる」といって出て行ったという。

その間も、絶え間なく泣き声は続いており、児童たちも一様に不安の色をこくしていく。
ときに強く、ときに嗚咽をもらしながら、まるでだれかの野辺送りでもしているかのような男女数人の泣き声。

しばらくして放送室を見に行った先生が、首をかしげながら教室にもどってきた。
「児童以外だれもいなかったよ。考えてみれば大人がそばにいたとしても、担当のF先生ぐらいだろうからな……？　おっかしいなぁ」
そういいながら急いで給食をすませ、あわてて職員室へと帰って行ったそうだ。

それだけなら、なんの問題もなかった。
だがその翌日のこと。そのとき、マイクに向かってしゃべっていた子が、不慮の事故にあって亡くなったというのだ。
Kが補足する。
「なんでも塾へ行くとちゅう、横断歩道をわたっていて、信号無視のトラックにはねられたの

だそうだ」

泣いていたのがだれだったのか。なにを意味するのか。

いまもってわからない。

戦友

これは友人である、Iさんの父親の身に起こった、ちょっと不思議な話。
こわい……という部分はさておき、時代に翻弄されたあるひとりの男の物語だ。

彼の父親は、第二次世界大戦中、少年飛行兵として、青春時代の多くを戦争にささげた男だった。

戦争末期、日本は最後の手段として、特別攻撃隊＝特攻隊という悲しくも凄惨な作戦に打って出た。

駆逐艦を撃破するため、自らが操縦して体当たりする人間魚雷・回天。自らの機体にはエンジンがなく、大型の飛行機に牽引されグライダーのように滑空して、敵艦めがけて突撃する小型航空機・桜花。

そして強力な爆弾をのせて敵艦隊につっこむ、海軍航空機による体当たり戦術を行う特別攻撃隊。Ｉの父はこれに志願した。

神風特別攻撃隊、通称〝神風〟である。

戦闘機には片道分のみの燃料を積み、ひとたび飛び立てば、生還する見こみのきわめて低い、無謀かつ果敢な作戦だ。

それは、Ｉの父が数日後に出撃をひかえた、ある晩のこと、ひとりの戦友と夜通し語り合っていた。

ここでふたりが語り合った話……。

それは「もし、戦争にならなければ、自分たちは、いまごろなにをしていたであろうか。もし、生きて帰ることができたなら……もし、もし、もし……」

ありえないとはわかっていても、その〝もし〟に一縷の望みをたくし、あと数日にせまった自らの命を謳歌する。そんな会話だったという。

夜が明け、自分の戦闘機に乗りこむと、さまざまな事前のチェックをするため、Ｉの父は飛行訓練をしていた。

基地を飛び立って間もなく、Ｉの父は飛行機の異変に気づいたという。

エンジンがにぶい音をたて、どうにも出力が上がらない。

即座に、もといた基地へと引き返し、着陸態勢をとる。

しかしこんどは、メインギア（車輪）が出ない。なんどもなんどもレバーを操作するが、車輪が下りないのだ。

このメインギアが下りたかどうかは、翼に設けられたピンにより確認することができる。

メインギアが翼下部に格納されている状態なら、翼の上にピンがつき出し、コックピットから目視できるというしくみだ。

その後もＩの父は、なんどもレバーを操作し、車輪を下げるための動作をくり返すが、ピンが一向にさがらない。依然として、エンジン出力も上がらぬまま。このまま飛行を続ければ、まちがいなく墜落炎上する。

彼はやむなく、車輪なしによる、胴体着陸を決断した。

五十メートル……三十……十……機体は、確実に地面に近づいていく。

ズガガガガガーン!!

機体は満足なコントロールもできないまま、あれた滑走路にたたきつけられた。

そのとき、機体の一部が右太ももにささり、それが血管を切りさいて、Iの父は重傷を負ってしまった。

軍医たちの懸命な救護の結果、Iの父はなんとか一命を取り留める。しかし図らずも、そのまま軍病院へ入院することとなってしまった。

それからなん日かが経過した日。

Iの父が横たわるベッドのすぐそばに、あの夜、語り合った戦友が立っていた。

「調子はどうだ？　その顔色なら、またすぐ飛べそうだな」

そういって、彼は顔をほころばせた。

笑っていた顔が、一瞬こわばったかと思うと、唐突にこう続けた。

「明日になった。おれは明日、行くことになったよ」
Ｉの父はおどろき、目を丸くして友にいった。
「お、おまえ！　明日って……明日はおれが……」
「おまえは行けんだろう」
本来明日は、自分が飛び立つ予定であった。戦友は負傷したＩの父の代わりに、自らその役を志願したのだった。
それから彼は多くを語らず、静かに病室をあとにしたという。
「先に行って待ってる」
それが戦友の最後の言葉だった。

Ｉは、高校生になっていた。
毎晩毎晩、酒を飲んでは、自分の武勇伝を語る父を、そのときは正直うとましく思い、まじめに話を聞くこともせず、悪態をついていた。
話の内容は、いつも同じ。

「いいか！　戦闘機ってのはな……」
「ああ、はいはい。もうなん千回も聞いたよ！　いいからもう、早くねちまえよ！」
日々こんな具合だった。

ある日のこと。その晩は少しようすがちがっていた。
Ｉの父はいつものように、一升びんをテーブルにどんと置き、使いこんだグラスをそのとなりに置いた。
自分の向かいの側に、まるで、そこにだれかがいるかのように、もうひとつグラスを置いたのだ。
Ｉは、横で晩飯をほお張りながら、そのようすを見るともなしに見ていた。
「なぁオヤジ、いったいなにして……」
Ｉの問いかけにかぶせるように、父がいった。
「いや～、本当にひさしぶりだな！」
そういって、向かいに置いたグラスに、酒をなみなみと注ぎ出した。

自分のグラスにも同じように酒を注ぐと、それを一気にあおる。

すると父は、グラスを乱暴にテーブルにたたきつけるように置くと、うつむいたままじっと固まっている。あっけに取られたIは、急いで口の中のものを飲みこむと、動きを止めてじっと父を見ていた。

父の肩がゆれていた。空になったグラスをにぎりしめ、肩をわずかにゆらしている。それは、生まれて初めて見る、〝強い親父〟の涙だった。

そこに、あの日散った父の戦友がいたのかどうかはわからない。が、Iの目には、父の向かいにすわる、りりしい顔をした特攻兵の姿が映ったように感じたという。

戦争はひどい。それはまちがいない。

当時そこには、確かにかがやきに満ちた青春時代を送った、たくさんの若者がいたのだ。

志なかばでありながら、空に、海に、そして、大地に散っていった方々に敬意をはらい、冥

福を祈らずにはいられない。

散った先人たちの目に、現在の日本はどう映っているのだろう。

猫喰い

いまから五年ほどまえ、ある女性の漫画家さんから聞いた、実に不思議な話。

彼女は以前、ある怪談系の月刊誌で、読者から寄せられた投稿をもとにした、漫画の作画を生業としていた。

当時、体験談の作画に関しては、たくさん届く読者からの手紙を、編集部の方でなん通かセレクトして、その中から作画に起こしやすいもの、特集のテーマに合ったものを、漫画家が選ぶという方法が取られていた。

その回も同様で、編集部から、十通の読者寄稿が彼女のもとに届けられた。

彼女が手紙を読み進めていくと、一通だけ、どうにも不思議な感じのする手紙がまぎれこんでいた。

まず封筒は、なんの変哲もない白い定形封筒なのだが、あて先、差出人の文字が極端にうすい。2Hくらいの鉛筆で書いているのではないかと思うほど、うすい文字だった。

一見して、他の体験談とはまったくちがう感じが、その封筒からぷんぷんとただよっているのだ。

（なんだろうこれ？　すごく変な感じだな……）

そう思った彼女は、先に他の体験談を読みつつ、自分でもなんとなくそれをさけているのがわかるほど、それだけが異様なものだった。

結果、その封筒の中身を見るのは、最後になってしまった。

その時点では、その封筒の中身を見るまでもなく、ほとんど作画候補は決まっていたのだが、まったく目を通さずに編集部に送り返すのも失礼だと思い、彼女はなかばしかたなく、封筒の中身を見ることにした。

「うわぁ……なんなの……これ？」

中に入っていたのは、封筒と同じく白い便せん。

そこに封筒と同じくうすーい鉛筆の文字で、改行することなくびっしりと、下まで文字が書き連ねられてある。

しかも不思議なことに、なにが書いてあるのか、よくわからない。

こと細かになんらかの説明は書かれているのだが、その内容がまったく頭に入ってこず、断片的に、映像としてうかんでくるだけで、文字を読んでいる感じがしないのだ。

（どうして理解できないんだろう……？）

そう思い、彼女は二度、読み返してみた。しかし、そこに書かれているのは、確かに日本語なのに、本当に理解することができない。

（気持ち悪い……どういうことだろう？）

そんな思いばかりが頭をよぎる。

「こわいというより、悪寒がする、胸がもやもやする……というような気持ち悪さを、いまでもはっきり覚えています」

そう彼女は語っていた。

〝これはよくないものだ〟と直感した彼女は、作画する候補も決まっていることだし、これ以

上の情報は必要ないと、すべての手紙をすぐに編集部に返却することにした。

翌日、例の手紙をふくむ読者からの手紙を、宅配便で送り返したこと、作画候補に決めた手紙のことを確認するため、彼女は担当編集者にあてて電話を入れた。

「あのう、読者の方々のお手紙、そちらに届きましたでしょうか？」

担当は届いているといった。

「ああ、よかったです。それでですね、その中にちょっと、変な手紙がまざってませんでした？　いえ、白い定形封筒で……。実はそれ、中になにが書いてあるか、意味不明なんですよね。もう気持ち悪いとしかいいようがなくて。えっ？　いえ、それじゃないです。今回全部で十通いただきましたよね……？」

おどろいたことに、あの封筒が消えていた。うすい文字の、白い封筒などどこにもないと、担当は答えた。

しかも、そんな封筒や手紙は記憶にないとのことで、彼女あてに送った分の体験談は、すでに全部もどってきているというのだ。

（えっ！　わたし、送り忘れたの？　まだうちにあるの……あの封筒が？　確かに昨日、編集部あての宅配便の中に入れたはずなのに！）

そう思って、彼女は家中をさがしてみるのだが、どんなにさがしても、あの手紙が見つかることはなかった。

おそろしく気持ちが悪いと思いながらも、体験談の作画に取りかかった。

（担当もうちに送った体験談の手紙は、全部返ってきているというし……。もしかしたら、気持ち悪いと感じているのはわたしだけで、中身はふつうの体験談だったのかもしれない……）

彼女はそう思い直すようにして、ひとまずは、候補の体験談で作画を進めることにした。

しめ切りとの戦いになる漫画の作画作業というのは、想像以上に過酷をきわめる。その仕事が終わるころには、彼女は、すっかりあの封筒の件は忘れてしまっていた。

漫画原稿のしめ切りの日。

彼女が仕事をしていた雑誌の編集部は、銀座の真ん中にあった。いまから原稿を持っていくと担当に連絡を入れて、彼女は家を出た。

（銀座に行くには、中央線で東京駅に、そこから有楽町に出て……）

などと考えながら電車に乗ったところ、どういうわけか乗ってすぐに、おそろしく具合が悪くなり、はき気や頭痛が止まらず、彼女は電車をとちゅうで降りてしまった。

季節は真夏で、家の中で漫画ばかり描いていた彼女は、自分の体力のなさのせいだと割り切ることにした。

降りた駅は四ツ谷。ふだんはめったに乗らないのに、そのときばかりは、タクシーで行ってみようと、ふいに思い立った。

あとになって思うと、ふだんは車酔いするからという理由で、タクシーをさけているのだ。それを具合の悪いときに、あえてタクシーで四ツ谷から銀座に向かうなど、なんとも釈然としない行動である。

「銀座四丁目まで……」

そう運転手に告げ、彼女はシートにもたれて、外の景色を見送っていた。ほどなくして、運転手がなにやらひとりで語り始めた。

「いやぁ、今日は終戦記念日ですよねぇ。わたし、この時期になると、毎年思い出す話がある

んですよ……」

（ああ、そうだ。今日は八月十五日だったんだな。終戦記念日だ……）

運転手の言葉を受けて、初めて彼女は気がついた。

助手席にはってある運転者カードを見ると、運転手はかなり年配に見える。

運転の方はだいじょうぶなのかと思いながら、いまだ治まらない具合の悪さから、彼女は適当にあいづちを打っていた。

車はゆっくり銀座方面へと進んで行く。

「戦争中は、本当にみな貧乏でね。なにかを買おうにも、なにもないんですよ。ものがね……。本当に日本は、みな貧乏でしたねぇ。

戦争中も大変だったけど、戦後がもっと大変だった。このへんなんてもう、バラック小屋だらけでね。子どもなんて、みぃんな、がりがりのぼろぼろ。孤児もたくさんいた。

うちは不幸中の幸いか、家族が欠けることなくそろっていたけれどもね。

そうなると、大変なのは食べるものだ。もうね、好ききらいなんていってる場合じゃないんですよ」

（なんか話が変な方向へ行くぞ……）

彼女がそう思い始めたときだった。

「そのうちに、わたしの兄がね、ようすがおかしくなってしまった。栄養失調なのか、なんなのか、目がおかしくなってしまったんだね。いもしないものが、見えるようになってしまったんだ」

やはり話は変な方向に向かった。

「そんな経済状態だったからね、病院に行くお金もなくてね。困ってたら、町はずれに母の知り合いの拝み屋さんがいて、その人に見てもらおうということになったんですよ」

（拝み屋……さん？）

なおも運転手の話は続く。

「兄と、母と、わたしとでその拝み屋さんのもとへ行くとね、部屋に入った瞬間に、『ああ、もう、あんたらなんてこと！　猫を食べたのかい！　なんてひどいことを！』ってどなるんだ。おどろいたねぇ。兄が見ていたのはね、実際には、いもしない猫の影でね。でも、しかたなかった。食べるものがなくて、なくて。みんなしかたなく、猫やイヌや、食べられるものは、

なんでも食べなければ、それこそ生きていけなかったんだ……」

そこまで話が進んだあたりで、車は銀座四丁目の交差点に到着。

彼女はまるで、キツネにでもつままれたかのような心持ちで、そのタクシーを降りた。

そして、降りた瞬間に、はたと気づいた。

（この話、知っている。読んだことがある。そう、読んだことがある！　これって……あの白い封筒の中身だ！

そうだ、確かそんな話だった。戦争中に猫を食べてしまったという話で、その後、兄のようすがおかしくなって、後悔している……と。なぜあのときは、理解できなかったんだろう？まちがいない。そういわれれば、確かにそんな話だった！）

連綿とつづられていた懺悔の手紙。消えてしまった手紙。

そのあと、原稿を編集部に届け、再度担当編集者に、あの白い封筒のこと、タクシーの運転手が話した内容などを、矢つぎばやに伝えたが、編集部内でも例の封筒は見つからずじまいだった。

結局、この話を漫画に描くわけでもなく、彼女自身も、この話自体を頭のすみで覚えてはい

たものの、そのまま放置することとなった。

それから約十年。

彼女の友人の漫画家が、あるSNSの自身のページに、こんな書きこみをした。

「夏だからこわい話を募集するよ～」

それを見た彼女は〝こんなのがありますよ〟と、なんとなく軽い気持ちで、忘れかけていた例の話を書きこんだ。

「あの体験談、削除してもいい？」

数日後、漫画家から彼女に、そう連絡が入った。

SNSなど見ることもできない漫画家の母親が、「猫がくる！　猫がくる！」とさけんでおびえるというのだ。

彼女がアップしてから一週間ほどで、例の話は削除されることとなった。

その後、彼女は、なんどか有名怪談雑誌にこの話を送ったが、まったくといっていいほど、

リアクションがない。

（もしかして、全然こわい話じゃないのかな？　それとも、創作だと思われているのか……？）

〝ああ、またこの人か〟と思われることを覚悟で、なんども送ってみたが、この話が作品として掲載されることはおろか、どういうわけか、編集部に届くことすらなかったという。

あるホテルのできごと

いまから十七、八年ほどまえのこと。
車で北海道へ行く機会があり、わたしは函館→洞爺湖→札幌と回っていた。
最後の宿泊地となった札幌で、少々奇異な体験をしたのでふれてみようと思う。

現地まで行って宿泊予定のホテルに連絡をしたところ、なんと予約の日にちが一日ずれていることが発覚。あわてて懇意にしている旅行代理店に電話し、なんとか一軒のホテルを確保してもらった。
そこは、近くに大きな川が流れており、目のまえにはJ温泉方面へと続く国道が通っている。
車を駐車スペースに置き、荷物を持ってチェックインする。ところが一歩、建物に足をふみ入れたとたん、わたしはなんともいい知れぬ不安感におそわれた。

周囲にも、ホテルの中にも、なにも緊張する要素が見当たらないのに、じょじょに心臓が早鐘のように激しく鼓動を打ち始める。子どものころから、なんらかの霊的作用がある場所へ行くと起こる、ある種の警告のようなものだ。

わたしは社員の和田とふたりで移動していたため、チェックイン後、それぞれ自分の部屋へと向かう。

わたしにあてがわれた部屋は、中層階にあるシングル。

カードキーを差しこみ、ドアを開けたとたん、一瞬ではあるが、中へと吸いこまれるような感覚に見まわれた。

荷物を置いて、タバコを一本吸おうと愛用のライターを取り出す。

ところが、いったんは火がつくのだが、なんどやっても、すぐにふっと消えてしまう。わたしが使っているライターは、少々の風でも、安定した着火能力があるというのが売りなのにだ。

今度は、耳鳴りがわたしをおそった。そして、例の警告の鼓動……。

（考えすぎ、考えすぎ！　きっと長旅でつかれてるんだ）

そんなことはないのは、自分がいちばん承知しているのだが、わたしは、むりやりそういい聞かせ、部屋をあとにした。

それから和田と食事をとろうと、薄野方面へと出向いた。帰りに居酒屋で一ぱいやり、店を出て、客待ちをするタクシーを拾う。

「あのホテル、新しくて気持ちいいね」

車内でわたしは、さりげなく和田に部屋のことを聞いてみることにした。

「う～ん、確かに建物も大きくて新しいし、見てくれはいいんですけどね……」

「なんか問題ある？」

「いやいや、問題ってほどのことではないんですがね。なんていうかな……部屋に入ったとたん、強烈な寒気がして、それが止まんないんですよね。つかれてるのかなぁ……」

そこでわたしは、さっき自分が感じた感覚を、そっくり和田に伝えることにした。

「ちょっといいですかね」

我々の話に割りこんできたのは、タクシーの運転手だった。

「お客さんが、いま向かうホテルね、実はつい先日、おかしな事件があったばかりなんです

よ」

「事件？」

和田とわたしは同時にたずねた。

「ええ。ご存じなかったですか？　新聞やテレビなんかでも、ずいぶんやってましたけどね」

「いや、なんにも知りません。東京からきたもんですから……」

わたしは答えた。

「もしかしてお客さんたち、あのホテルに予約なしで泊まれなかったかい？」

「ええ確かにその通りですが、それがなにか？」

「いまはこっちもいい季節なんですよ。それを予約なしで泊まれるって、変だとは思わなかったですか？」

おどろいて、わたしは和田と顔を見合わせた。

そこから運転手が語ってくれた内容は、おおよそこんなことだった。

つい先日、地方から修学旅行にきた中学生の一行が、あのホテルに泊まった。

その夜、ある少女グループが一室に集まり、こっくりさんを始めた。
そのうちに、ひとりの少女が精神に異常をきたした。身の危険を感じたグループのメンバーは、その少女をひもでしばり、動けないようにしていた。
ところが、その直後、少女たちのいたフロアで火があがり、しばられた少女は逃げおくれて焼死したというのだ。
「……そ、その階数ってわかりますか？」
「ああ、もちろん知ってますよ。○階の○○○号室ですね」
自分の耳を疑った。
わたしが泊まっている部屋が〝ずばり〟だったわけではないが、部屋番号からすると、おそらくわたしの部屋の真上と思われた。
別のホテルに変えようと和田に相談するが、根っからの〝無神論者〟である彼には、笑い話でしかないようだった。
わたしは、しかたなく部屋にもどるも、天井が気になってしかたない。
気をまぎらわそうと風呂に入り、冷蔵庫にあるビールを開ける。

（なんかつまみないかな？）

そう思って、ソファーから立ち上がったときだった。

ぶえええええええええええええっ!!　うえええええええ……

上の階から、はっきりと聞こえた。そして部屋中に充満（じゅうまん）しだす、こげたにおい。

わたしはたまらず部屋を飛び出すと、なんととなりの部屋から、和田も飛び出してきていた。

すぐに部屋を替（か）えてもらったのは、いうまでもない。

名刺

さまざまな方面からいただいた名刺を整理していた。

いざ始めるととんでもない数だ。ネットオークションで買った、六〇〇枚収納可能な、くるくる回る名刺ホルダーが、三セットいっぱいになっても、まだ収まり切らない。

近くの文具屋で同じものを発見したのだが、やたらと高くて名刺ホルダーを買い足すことを断念。しかたなく、収納しきれなかった名刺は、プラスチックケースに入れて保管することにした。

ふと気がつくと、足もとに一枚の名刺が落ちている。

拾い上げて名前を見ると、放送作家をやっている友人Tのものだった。

（そういや、しばらく連絡とってないなぁ……）

そんなことを思いながら、わたしはTとの思い出をたぐり寄せていた。

Tの実家はお寺。Tは仏門に入るのがいやで、若いころに家を飛び出し、その勢いでしばらくホームレスをしていたという、壮絶な経歴を持っていた。

無鉄砲な性格が災いして、なにをやっても長続きせず、いろんなところで社長をなぐってはクビになるをくり返していた。

そんなTにもひとつの特技があり、それがかけ値なしにおもしろい。

その〝特技〟とは、なんでも詩にしてしまうというものだった。

いまでも忘れられないもののひとつに、こんなのがある。

「母を見る子どもの目が　この世でいちばん美しい
疑いを知らないまなざし　真実のまなざし
人はなぜ　そのまなざしを忘れてしまうのだろう」

たしかこんな風だったと思う。公園のひなたで遊ぶ母子をうたった詩だが、強くわたしの心に残った、一条の言霊だった。

しかし、たがいにいそがしさにまぎれて、ここしばらく疎遠になってしまっている。

わたしは、ひさびさにTに電話してみることにした。
携帯電話のアドレスからTの番号を探し出し、通話開始ボタンをおす。
〈お客さまがおかけになった電話番号は、現在……〉
電話口に出た相手はTではなく、聞き覚えのある女性のアナウンス。
それならばと、出てきた名刺にある番組制作会社に電話をしてみる。ちょうどわたしの知り合いで、Tのことも知っている社員が出た。
「ああ、Tはずいぶんまえに、実家へもどったよ。なんでも体調が悪いから静養する……っていってたね」
実家の電話番号は知っている。
わたしはすぐにかけてみたのだが……。
「中村さんとおっしゃるのですね。もしかして下のお名前は、まさみさんですか？」
「はい、その通りですが……」
「それはそれは……。実は折り入ってお話ししたいことがございまして、お時間がおありのときにでも、こちらにお立ち寄りいただけませんか？」

なにごとかと思い、さっそくその翌日、わたしはTの実家であるお寺を訪ねてみた。

「まぁまぁ、わざわざおこしいただいて、申しわけないことでございます」

そういって出むかえてくれたのは、Tのおふくろさんだった。

「うちの息子は先ごろ亡くなりましてね、今日がちょうど……四十九日になります」

「なっ、なんですって!! あいつ、し、死んだんですかっ!!」

あまりのことに、思わず礼儀もなにもない、粗暴な表現がわたしの口から飛び出てしまった。

調子が悪いと都会をはなれ、一度は飛び出した実家へもどったT。診断の結果、急性の白血病におかされていたという。

専門医の懸命な治療もむなしく、彼の容態は日ごとに悪くなっていった。

「抗癌剤の投与により、変わり果てた自分の姿を、息子はひどくきらいました。『こんな姿は、絶対にだれにも見せたくない』と、それが口ぐせで……」

Tのおふくろさんが泣きながら続ける。

「『最期のときは、生まれ育った家でむかえたい』という本人の希望で、出て行ったときのままにしてあった、自分の部屋で息を引き取りました……」

容態が急変する少しまえに、Tは一枚のメモを母に手わたした。
そこには〈友だち〉として、ほんの数人だけの名前が記されていたという。そのひとりがわたしだった。
「この友だちが訪ねてきたら、自分の死にざまを語って聞かせてほしい」
そういっていたそうだ。
一枚の名刺が目に留まったタイミング。ちょうど四十九日にあたる日に、わたしが訪れたタイミング。〝偶然〟というには、あまりに悲しすぎる。

もらった家

なん年かまえのことだ。友人・小川の家へ泊まりに行った。

小川が作った、なんだかわからない酒のさかなをつまみながら、たがいに二、三本のビールを飲み干していた。

話題もつき、床にごろんと横になったまではよかったが、ふと気がつくと、わたしの足もとにだれかがぬっと立っている。部屋の明かりは点いたままで、小川はテーブルをはさんだ向こう側にねころんだままだ。

となると、わたしの知らない〝だれか〟が入ってきた……ということになる。

わたしは首をもたげて、その〝だれか〟を確認しようとした。その瞬間だった。

（んん？　……あら、金しばり……）

そのときわたしは、小川の方を向いたまま、折り曲げたざぶとんをまくらにしてねていた。
（なんだこれ!?　なんでっ……）
金しばりにあいながらも、わたしは視線の先にねころぶ小川に、神経を集中させた。
（うわっ!!　だれだ、こいつっ！）
そうなのだ。わたしはてっきり視線の先にいるのが小川だと思っていたが、そこにいるのはまったく知らない、やつれた男……。
そいつが口をななめにゆがませ、大きく開ききった口でなにかを発している。
あ……が……うぅえぇぇぇ……ご……ご……おおおぉ
わたしとその男との距離は一メートルあるかないか……。
心臓が破裂するほどおどろいたわたしは、その姿勢のまま背中をエビのように反らせた。
瞬間的に金しばりは解け、目のまえはそれまで通りの〝あたりまえ〟な光景にもどっている。

わたしは、気持ちよさそうに寝息を立てている小川をゆり起こし、いま見たものを語って聞かせた。

するとおどろいたことに、小川は平然とこういった。

「おお、おまえも見たか？　ありゃあ、おれのおじだ」

「おじ??　おじってなんだよ！」

「実はな、この家、そのおじからゆずり受けたんだ。もう三年くらいたつが、当時この家にひとりで住んでてな。心臓が悪くて病院へ入ったり出たりしてたんだ」

「それで？　なんでその人が……」

「まぁ聞けって。ある日おれを呼んでな、一枚の紙を手わたすんだよ。なにかと思って見てみたら、『遺言』と銘打ってあって、ひとこと『おれの持ちもの、おまえにやる』ってよ。ははは、笑っちまうだろ？」

「いやいや！　笑ってる場合ちゃうやろ！」

「まぁ、そのあと、きちっとした譲渡契約を取り交わしてな。表にある古い車とこの家……もらったわけなんだが……」

「だが……？」

「その後、勝手に病院ぬけ出して、ここに帰ってきててな。ちょうどおれがいる……ほら、このへんで死んでたんだわ」

そんな家によく住んでいられるな……などという、ごくごくふつうのセリフを、いう気にもなれないわたしであった。

お念仏

小学五年生のころ。

わたしは近所の友だちがやっていた、新聞配達のアルバイトを手伝ったことがある。

生まれて初めてやるアルバイトに、なんだか異常にわたしのテンションは高まっていた。

夏休みということもあり、同じ町内から数人が集まって、近くの新聞屋へ行く。

その日わたしが受け持ったのは、二階建てのアパートが立ち並ぶ、ある地域だった。紙に配達先のリストを書いてもらい、まだほの暗いうちから、なじみの町中を自転車でかけ回る。これがなかなかの重労働だった。

ある一軒のアパートに着いたときだ。

その二階にある全部の部屋が配達先になっていて、わたしは自転車のところで、持って上が

る新聞の部数を確認していた。

すると、どこからともなく線香のにおいがただよってきた。

しかも〝なんとなく〟ではない。かなりくっきりとした、まぎれもない線香の香り。

もちろん一度になん本もあげる人もいるだろうし、宗派によっては大量の線香をあげることもあるだろうから、わたしは、におい自体を不思議に感じたわけではなかった。

部屋数分の新聞を小わきにかかえ、鉄の階段を上っていき、左側の部屋から、ドアのポストへ新聞を差しこんでいく。

最後に残った、いちばん右の部屋の前まできたときだった。

ナマンダァブ〜ナマンダァブ〜ナマンダァブ〜……

これにはかなりびっくりした。

わたしが、その部屋のドアに付いているポストに、新聞を入れようとした、まさにそのタイミングで、そのドアのすぐ向こうから、年配の女性らしき人が唱える念仏が聞こえてきたのだ。

その瞬間、おどろいて思わず新聞を落としそうになったが、改めて耳をすましてみると、その声はもうどこからも聞こえてこない。

（気のせいだろうか……）

そう思いながら、さっき上ってきた階段を下りかけたときだった。

ナァモアァミィダァァンンブゥウゥゥ……

ナァモアァミィダァァァンンブゥゥゥ……

今度は先ほどの部屋の中からではない、わたしのすぐ背後からそれは聞こえる。

そして、ふたたびただよいだす強烈な線香のにおい。

たまらなくなったわたしは、すぐにその敷地からのがれ、道幅の広い表通りに出た。

なんとか、その日課せられたすべての配達をすませ、いったん家に帰り、夏休みの日課だったラジオ体操に参加した。

その日の昼ごろだったように思う。

変に周囲があわただしくなり、うちにも町内の役員さんたちが、出たり入ったりしている。
祖父に事情を聞いてみると、あるアパートの一室で、死人が出たらしいという。
（そうだ！　きっとそうだ！　あのアパートの、あの部屋だ）
わたしは祖父の言葉を聞いて確信していた。

「いやあ、あのお経、ひさしぶりに聞いたなぁ」
次の日、前日亡くなった人の葬儀から帰ってきた祖父が、そんなことをいった。
「じいちゃん、なんのこと？」
「うん、お経にもいろいろあってな。中でも今日の宗派のお経は独特なんだよ」
「どんな風なの？」
わたしは胸さわぎがして、祖父にたずねた。
「なんていうかな……こう、お経自体に節があるんだよ。『ナァモアァァミダァァァンブゥウゥゥゥ……』って感じでな」
「！」

やっぱりそうなのだ。

あのとき聞こえた、あのお経……。

「実はね、じいちゃん……」

なんだかいまとなってはいいづらかったのだが、前日に経験したことを、わたしはすべて祖父に話した。

「それはおかしいな……。その家に、そんなばあさんはいないんだ。しかも亡くなった本人も、のどをわずらっていてな、ほとんど声らしい声は出ないんだが……」

わたしが聞いた念仏と、その日亡くなった人との関係は知るよしもない。

しかし、あの日聞いた念仏。そして線香のにおい……。

わたしは、大人になったいまでも忘れることはない。

友を思う

数年まえ、ウェイクボードをやっているわたしは、友人四人と山中湖へ向けて車を走らせていた。

ウェイクボードというのは、ハンドル付きのロープをモーターボートなどに付けて航行し、そのロープにつかまってボードに乗って、水面をすべっていくウォータースポーツだ。

中央自動車道を通って、大月ジャンクションから東富士五湖道路に入る。コンビニに寄るため下道に下りたあとは、のんびりと行くことにした。

時刻はまだ午前四時。

ふと見ると、まえに小型の４ＷＤが走っている。

しかし、なにかが変だ。ときおり、みょうに左右に蛇行し、なんども路肩の縁石にぶつかり

そうになっている。

「あれ、いねむりだね」

わたしだけでなく、同乗している全員が口々につぶやく。

「なんとか起こしてやらないとまずいな」

わたしの言葉に、助手席にいたAが答える。

「でもどうやって起こすよ？」

「とりあえず、クラクションでも鳴らしてみたら？」

後部座席にいるHがいった。

そういわれて、運転していたわたしは、なんどもクラクションを鳴らしてみるが、一向に気づく気配はない。

そしてついに、4WDは一度大きく右にそれたかと思うと、むかいからきた大型トラックの横っ腹に激突。そのままの勢いで、左路肩に立っていた電柱に、真正面からつっこんだ。

「うわわっ！　やったぁっ!!」

うしろからその一部始終を見ていたわたしたちは、ハザードをつけ、その場に停止した。

わたしたちのうしろからは、大型トラックの運転手もかけてくる。わたしの車に同乗していた友人たちも、次々に飛び出していった。

わたしは携帯電話で一一九番に通報し、ことのしだいを伝えた。

現場は、壮絶きわまりないありさまだった。路面一面にその残骸をまき散らした車は、車種さえ判別不可能な状況におちいっている。

状況は最悪だった。しかも、いつ出火するともわからない車に、なん人もの人だかりができている。

「中の人は!?」

先に近くまで見に行っていたAに、わたしはたずねた。

「だいじょうぶだ！　生きてる！」

ぎしぎしときしむドアを、むりやりこじ開け、そこに集まった全員で、まずは運転席の男性を引っぱり出す。

シートベルトのおかげか、エアバッグのおかげか、外見的には、大きなけがは見当たらない。

するとその男性はすぐに助手席側に回り、同乗していた友だちと思われる人の救護にあたっている。

かいがいしく動きながら、「ごめんな、ごめんな……」とずっと同じ言葉をくり返している。

そこへ救急車が到着し、ぐったりとしている同乗者二名を、病院へ搬送していった。

運転していた男性は、そのまま警察の現場検証に立ち会うらしく、わたしたちはその場をあとにした。

その日の夕方、地元テレビ局のニュースを、ホテルの一室で見たわたしたちは、全員、言葉を失い、その場に立ちつくした。

そのニュースは、こう伝えていた。

「本日早朝、山梨県の国道○○において乗用車が電柱に激突。運転していた○○さん（三十一歳）は、搬送先の病院で死亡が確認されました。警察の調べでは……」

あんなに元気に動き回っていた彼は、実はあのとき、すでに亡くなっていたのかもしれない。

「ごめんな、ごめんな……」

自分の過失により、けがをさせてしまった友人に、誠心誠意つくしていた彼……。
悲痛に満ちたあのときの彼の声が、いまも耳をはなれない。

幽霊マンション

「きてくれ」
友人の秋山から、突然の呼び出しがあった。
秋山は東京都下のある物件に引っこしたのだが、そこがどうやら事故物件だという。
「行かないよ」
わたしは即座に断った。こわいし……。
「いや、絶対いいネタになるって！」
「いらねえのだ、そんなものは」
それでなくとも、わたしの所には、むこうからその手の話が勝手にやってくる。
「すでに困り果ててるっていうのに、こっちから飛びこんでどうする！」
そういってわたしは電話を切った。遠巻きにようすは見ていて、万一秋山がやせてくるよう

なことがあれば、そのときは行ってみようと思っていた。

その翌日、秋山からまた電話がかかってきた。

なんだかただならぬようすなので、昨日よりは、ちゃんと話を聞いてやることにした。

「朝起きてリビングに行ってみると、テーブルの上に女性もののバッグが置かれていた。中身を確認しようと手をのばしたとたん、突然、強烈な腹痛におそわれて、トイレにかけこんだんだ」

〝ただならぬようす〟は、その腹痛のせいなのかと思いながら、わたしは秋山に続きをうながした。

「それで？」

「部屋には玄関へ続く廊下があって、そのとちゅうにトイレがあるんだがな」

「それがどうした？」

秋山がトイレに飛びこみ、用を足していると、廊下をだれかが歩いてくる気配がするという。

思わず身をこわばらせ、秋山はその気配に神経を集中させた。

「そうしたら……『行ってくるわね』っていう声がした……」

迷わずわたしは、秋山に引っこしをすすめた。

ああ、行かなくて良かった……。

幽霊の現れ方

「霊魂の存在なんか信じない」

そういう方も少なくない。

その理由を聞くと、たいていは「見たことないから」と返ってくる。

その場合、わたしはこう質問することにしている。

「見ていないという、その証拠は？」

すると、たいていの人は沈黙してしまう。

確かにその考え方には一理ある。なぜなら、だれもが心に描く幽霊像というのがあるからだ。古典的なものだと、白い着物に、乱れた髪で、柳の木の下に立つ女の姿。現代なら足がないとか、ぼーっとすけて見えるとか、血をしたたらせているとか、そんな感じだろうか。

しかしいままでのわたしの体験からすると、このような姿で現れるのは、かなりまれなケースであり、一部の例外を除けば、そのほとんどは〝死んだときの姿〟で現れる。

今回はそうではない〝例外〟をお聞かせしようと思う。

いまから三十年近くまえ、当時全盛期だったディスコの職業DJをしていたわたしは、地方のDJ協会に所属していた。いうなれば、ディスコDJたちの地方組合みたいなものだ。

ある大きな都市に新たな店がオープンすることになり、しばらくは協会からだれかがその店へ行き、新人DJの教育にあたらねばならない。

〝厳正なるジャンケン〟により、わたしが行くことになった。

店に着いてみると、店内はなんとも豪勢な造り。

肝心なDJブースはと見ると、なんとそこには、東京でもめったにお目にかかれないような最新機器が、所せましと鎮座している。

さっそくその日から、新人育成のプログラムを作り、オープンの日を目指して、猛烈な特訓が開始された。

当時はバブル期のまっただなか。どこの街へ行っても、ディスコがあったものだが、やがてそれは飽和状態となり、どんどん低料金化していった。

その低料金のおかげで、その店もオープンして間もなく、初めての〝常連〟ができた。やがて常連は、店に顔の利くお客となり、決まったボックスシートを毎日、占拠し始める。これも当時の常だった。

その中に少々気になる男性がいた。名前はNさんとしておこう。

彼はすらりとした長身で、流行のダンスからひと昔まえのステップにいたるまで、そのすべてを華麗に踊り、一躍店の人気者になっていった。

それから二か月ほどたったころ、ふとNさんがこなくなった。

最初はNさんを待つ常連も気にはしていたものの、数週間もするうちに、だれの口のはしにも上らなくなった。

そんなある日のこと。

朝からしんしんと雪が降り積もり、北国の冬もまさに本番。歩道と車道の間には、高い雪のかべができている。

わたしは歩道を、首をすぼめながら歩いていた。店へ行くまえにいつも寄るレコード店へ行くためだった。

ふと目を上げると、まえから長身の男性が、こちらに向かってくるのが見える。

「ういっす！　どうもひさしぶり！」

すれちがう瞬間、その男性がわたしに声をかけてきた。ふっとわたしの鼻を、ムスクの香りがかすめる。

「あ……Nさん！　最近店に……」

そういって、わたしはふり返ったが、Nさんは返事もせずに行ってしまった。

その晩、店にはいつもの常連が集い、十時を回るころにはほぼ満席状態になっていた。

自分の持ち時間をこなし、のどをうるおそうとブースから出ると、数人の常連につかまった。

常連席へ招かれ、あれこれ話すうちに、わたしは、夕方街で出くわしたNさんのことを思い出した。

「そういやあさ、今日の夕方、Nさんに会ったよ」

一同の顔が瞬間的にこわばったのがわかった。

「ん？　なに、みんなそんな顔して、どうしたの？」

不思議に思い、わたしはみんなにたずねた。

「な、中村さん、そういう悪いじょうだんは、よしましょうよ」

ひとりの常連客が口を開く。

「おれは、じょうだんなんかいってないよ。Nさんと会ったってのが、なんでじょうだんになるの？」

おくにいた女の子が、わたしの言葉を聞き、顔をくしゃくしゃにして悲鳴を上げた。

「ちょっとちょっと！　どういうことよ？　なんでそんな……」

どういうことなのか、さっぱりわからない。

「中村さん！」

別の客が強い口調でいった。
「な、なんだよ！」
「人が悪いっすよ!!」
「いやだからさ、いったいなにをそんなに……」
彼の顔がさーっと青ざめていく。
「もしかして中村さん、Nさん亡くなったの……知らないんすか？」
「！！！」
知らなかった。いや、それどころかわたしは確かにその日……。

おわかりだろうか。
わたしはその日の夕方、確かに街角でNさんに会っていた。
もしその話を店で常連相手に持ち出していなければ、いまでもNさんの記憶はわたしの心の中に生き続けているはずだ。〝生きている人間〟として……。
見たことがないから信じない。それはあまりに短絡的だ。

ひとつ追記するが、いまこうして書いているわたしの周囲には、家にあるはずのないムスクの香(かお)りがただよっている。

練炭車（レンタカー）

いまから十年ほどまえ、年の瀬（せ）もおしせまったころ。

わたしは仲間四人といっしょに、信州のある町へおもむいた。

現地までは電車で行き、駅に着いたところで、近隣（きんりん）のレンタカー店で車を借りる。

車種はひと世代まえの国産ミニバン。価格も広さもちょうどいいので、いっしょに行った友人の栗橋（くりはし）は迷わずその車をチョイスしたらしい。

だが、ひと目、その車を見たとたん、なんだかわたしはいやな感じがした。

なんで？　なにが？　と聞かれても、うまく説明できないのだが、とにかくその車には〝乗りたくない〟と強く感じた。

実はわたしは、他人の運転する車に乗ると、車酔（くるまよ）いしやすい性分。だから遠方へ行くときには、たいてい、自分でハンドルをにぎらせてもらっている。もちろん、その日も例外ではな

かった。

わたしは車の運転には自信がある。「あたしすぐ酔っちゃう人なの～」とかいう人でも、まったく酔わせないで運転する自信がある。

しかしその日はちがった。

ごくあたりまえにアクセルとブレーキをふんでいるのだが、車自体の挙動がおかしいのだ。タイヤが片べりしているとか、どこかの機能が作用していないとか、そういう機械的な故障ではない。いうなれば、車体全体がうねるような感覚……。

そうこうするうちに栗橋がいった。

「ちょ、ちょっといいかな」

「どうした？」

ルームミラーごしに見ると、栗橋は真っ青な顔をしている。

「やべ！　ちょ、ちょっと停めてくれ！」

ただならぬようすに、わたしが急いで路肩に車を寄せると、栗橋は、あわてて車外へ飛び出した。

栗橋は二、三回、大きく深呼吸すると、こちらを向いてこんなことをいった。
「なんだかこれ、えらく気持ち悪い車だな……」
すると残りのメンバーも、ぞくぞくと車内から出て行った。
「実はあたし、ぎりぎり、はきそうになってた」
「実はあたしも。いままで車酔いなんかしたことないのに……」
女性ふたりも異口同音にいっている。
わたしはだまっていた。さっきから感じている違和感は、気のせいではなかったのだ。
「決して中村の運転のせいではないと思うんだが、確かにおれも限界に近かった。なんていうかな、子どものころに味わった乗りもの酔いじゃないんだよな。
まるで……なにか大きな動物の体内にでもいるかのような……」
矢板がいったことは、わたしと同じ感覚だった。
「変な比喩、持ち出すなよ」
栗橋が矢板に向かっていう。
「ねえ中村さん。なにか感じてるんじゃないの？」

志保が聞くが、わたしが感じていることを、いうべきではないと思っていた。
「なにがよ？」
なおも志保がつっこんでくる。
「変な霊的な感覚とかさ。この車って、なにかあったやつなんじゃないの？」
実はこのとき、わたしの中では異変が起きていた。
鼻のずっとおくが〝つん〟と痛くなるような、異様な感覚。そして、度の合わないめがねをかけたときのようなめまい。しかもそこに陰鬱さが加わっている。
「とにかく先はまだ長いんだから、のんびり行こうや」
栗橋の言葉に、なんとか全員が気を取り直し、ふたたびわたしが運転して目的地へと走り出した。
ナビを確認し、案内のとおりに山側の道を選択する。
「このナビ、ずいぶんさびしい道を選択するんだな……」
わたしのひとりごとに、矢板が答えた。
「まぁ、ナビに従ってれば、まちがいないって」

周囲を見まわすと、くずれたかやぶき屋根や、ずたずたになった廃屋が並び、さながら和製ゴーストタウンのようだ。

「スンッ！　……スンッ！」

突然、栗橋が鼻を鳴らし始めた。すかさずわたしは聞いた。

「なにやってんだおまえ？」

「いや、鼻がな。鼻のおくが、いてえんだわ」

「あたしも！」

「あたしも痛い！」

志保と初枝が答えた。

「いや、それよりもな。……中村。悪いが、またちょっとそのへんで停めてくれないか」

いちばんうしろのサードシートにすわっていた矢板が、静かな口調でいう。

見ると左前方に車二台ほどのスペースがあり、わたしはそこに車を寄せて停まった。

「おまえは、ぜんぜん平気なの？　鼻……痛くない？」

車を降りた栗橋にいわれ、わたしは答えた。

「実はな。おれもさっきから鼻のおくが痛いんだ」
「これってさ、プールなんかで、鼻のおくまで水が入ったときの感覚に似てない？」
志保がいった。まさにそんな感覚だった。
「この車……返しに行こう」
真剣な顔で矢板がいった。
「なんで？　なんかあるのか、これ？」
「ちょっとこれ見てみろ」
栗橋が矢板にそううながされ、車のうしろに回りこんで、リアゲートを開いた。
「これだ」
矢板が指さした先は、車両最後部にあるトランクスペースの天井だった。
「な、なんだこれ!?」
おどろいた栗橋が大きな声を上げる。
他の部位と同じ素材を使っているはずのそこは、あきらかに茶色く変色していた。
「あと……ここと、ここ」

矢板が別のところを指さす。それはゲートドアの裏側にあたる部分なのだが、樹脂製のパーツが、あきらかに熱を加えたように、ゆるやかに変形している。

七輪……練炭……自殺。

我々の脳裏に、その三つがうかんでは消えていった。

その場から、レンタカー会社に電話をかけ、新たな車を持ってきてもらったのはいうまでもない。

ほこり

「あんたさあ、なんだか不思議なものが見える……ってまえにいってたわよねぇ？」

五年ほどまえ、元祖おねえ系タレントともいえるHさんから、電話をもらった。

「あたし最近ね、Oって街に、新しいお店出したのよ」

なにがあったのかたずねると、Hさんが話し始めた。

その日の営業が終わり、Hさんは、きちんと片付けをして、かぎをかけ、店をあとにした。

ところが翌日店に出てみると、カウンターの周りが異様なほど、ほこりだらけになっていたというのだ。

おかしなことは、それだけにとどまらなかった。Hさんが続ける。

「こんどのお店は、雑居ビルの一角じゃなく平屋の店舗を借りたんだけどね……」
閉店後しばらくして、店内に忘れものを取りにもどったHさんは、異様な物音を耳にする。
「まるで店全体からひびくみたいに、『ドタンバタン！　ドタンバタン！』ってさ。びっくりしたわよ、あんた！
あんまり気持ち悪いからさ、ある日、店内にビデオカメラ置いて帰ったのよ」
「まぁよく、ありがちな……」
わたしの話など聞かず、Hさんは続けた。
「電話じゃうまく説明できないから、いまからこっちきなさいよ。じゃあね」
結局、有無をいわせず、わたしは呼び出された。

待ち合わせ場所はその店。
Hさんに教えられた道をたどると、それらしい建物を発見。今日は定休日らしく、かんばんに灯は入っていない。
近くのコインパーキングに車を入れ、わたしはふたたび店に向かって歩き出した。

いま、わたしが歩いている道のつき当たりに、その店はある。
（……う～ん）
なんだかみょうな引っかかりを感じながら、わたしは店のドアを開けた。
「ギャーッ!!」
「な、な、なんだっ!?」
わたしがドアを開けたとたん、絹ならぬ〝ぞうきん〟をさくような悲鳴がした。
「ちょっとあんたっ！　なに連れてきてんのよっ！」
わたしの顔を見るなり、Hさんはさけんだ。
「やぶからぼうに、なにいってんだおやじ！」
「だれがおやじよっ！　と、とにかくちょっと出よう！　はやくっ！」
Hさんにうながされ、いま入ったばかりの店をそそくさと出る。
「あんたがドアを開けた瞬間、ものすごい音でショウの音がひびいたわよ！」
「ショウの音……？　ショウって……雅楽の笙？」
「そうよあんた！　ちょっともう、かんべんしてよね！」

「かんべん……といわれましても……」

「まあとりあえずいいわ、とにかくいまは、これ見てよ」

そういいながらHさんはしっかりバッグを店から持ち出しており、中から最新式のビデオカメラを取り出した。

Hさんが、液晶画面を起こし、再生ボタンをおす。そこには、店のカウンター全体が映っている。

「このまま四十分くらいは、なにもないんだけどね……」

そういうと、Hさんは早送りボタンを操作した。

録画カウンターが四十一分あたりを示した。

〝ドンッ！　ドドンッ！　ドドドンッ！〟

激しい低音がひびきだし、音が鳴るごとに、天井から大量のほこりがまい落ちている。

「ね？　見たでしょ？」

「見たけど」
「なんとかしてちょうだい」
「……」
「見たからには、なんとかしてちょうだい」
「なんとかなるかっ！」
わたしは、とにかく他への移転をすすめ、あまりに居心地の悪い土地をあとにした。
（まったく。なんだってこんな変な土地に……）
そう思いながら、パーキングに向かって歩き出す。すると、突然正面からふき付ける強烈な〝気〟を感じた。
ポケットからめがねを取り出し、あわてて前方を確認する。
神社……。
なんと、あの店の真正面には神社があったのだ。
Hさんのもとへ取って返し、わたしはその店と神社が相対していることを告げた。それが、

おそらく関係しているのだろうと……。

その後、Hさんに店の移転を強くすすめたのはいうまでもない。

お化けトンネル

北のある町に、Mという住宅地がある。
町の中心からは少しはなれており、あたりは全体に丘陵地になっていて、その頂上付近に〝お化けトンネル〟と呼ばれる、小さなトンネルが存在する。

トンネルに入ったとたん、エンジンが停止し、女のうめき声がひびきわたった……。
だれもいないはずの後部座席から、白い手がのびてきて、運転手は視界をさえぎられたあげくに、事故を起こす……。
トンネルへとつながる急坂を、腹ばいのまま、ものすごい勢いで女が下りてくる……。

こんな感じで、わたしが覚えているだけでも、そのトンネルに関するさまざまなうわさが

あった。

〝トンネル内部でうめき声を聞いた〟という通報が特に多く、交通事故との判別がつけられない地元警察は、そのたびに出動を余儀なくされていたらしい。

トンネルはずいぶんまえに造られたものらしく、内部に灯る照明の類いもとぼしくうす暗い。着工当初はなんども落盤事故を起こし、多くの犠牲者を出した。そのつど、工事はいったん停止され、完成までにいちじるしく長い時間を要した。その証拠に、トンネル内部はとちゅうからレンガを使用するようになり、かべの材質が変わっているのが見て取れる。

そこが〝お化けトンネル〟と呼ばれるようになった原因も、「警官に追いつめられた強盗犯が、逆上してここで警官を刺殺した」などの、いくつかの話が伝わっていた。

しかし、さまざまなうわさが飛び交う中、それらとは一線を画す話がある。

たび重なる事故に業をにやした関係者が、工事の安全を祈願するあまり「山の神に人柱を献上した」というものだ。

以前これに興味を持った地元テレビ局が、赤外線による非破壊検査を実施したことがあった。たいがい、この手のうわさというのは、おおげさな〝うそ〟が都市伝説化したものがほとんどだ。

ところが、このトンネルの場合はちがった。

専門家による検査の結果、なんと本当にかべの中から、なん体もの〝人体〟と思われる影がはっきりと映し出されたのである。

わたしの友人で、当時地元の大学で、オカルトを学問として学んでいる男たちがいた。

彼らは、このトンネルのうわさが真実かどうかを確かめるため、とんでもない計画を立てた。トンネルの中に、プロ用のテープレコーダーと高感度マイクを設置し、内部に行き交うあやしい音声を録音するというのだ。

「ぜひとも同行してほしい！」

そしてこともあろうに、そうわたしに電話してきたのだ。

わたしは、とりあえずしぶしぶ同意してみせたが、正直少し興味があったのは事実だ。

数日後、大学の研究メンバーと合流するため、わたしは自分の車に乗りこんだ。
いつものようにエンジンをかけ、車をスタートしようとするが、どうにもギアがローに入らない。
あたりまえにクラッチをふみこみ、あたりまえにギアを……しかしなにをどうやっても、シフトレバーがローのポジションに動かないのだ。
「なんだこりゃ？　……まいったな……」
約束の時間は刻々とせまってくるものの、肝心の車が動かないことにはどうしようもない。
まだ携帯電話などない時代で、わたしは急いで自宅にもどり、大学に電話を入れたが、すでにメンバーたちは、学内にはいないとの返事だった。
やむをえず大通りに出てタクシーを拾い、約束の場所を目指すことにした。
予定より十五分ほどおくれて到着したわたしに、友人Eがこう切り出した。
「まいったよ。出がけに機材の調子を確認してたら、レコーダーがどうにも動かなくてさ。こ

れ先月買ったばかりの新品なんだぜ」
わたしは、なにかいやな予感がした。
「ところで待ち合わせ時間に遅刻ってのは、おまえにしちゃめずらしいな」
「いや実はな……」
Eにそういわれ、わたしは朝からいまにいたるまでの顚末を語って聞かせる。すると、そこにいた全員が、一様に不安げな表情になった。

待たせてあったタクシーに全員で乗りこみ、行き先、つまり例のトンネルの名を告げる。
するとそのタクシーの運転手が、思いがけないことを聞いてきた。
「いま積みこんだ機材……いったいなんなんです？」
別段かくし立てする必要もないと思い、Eが運転手に計画を話す。
「ほんとにあそこで、そんなことするんですか？」
ようすが気になり、わたしは運転手にたずねてみた。
「ええ、そのつもりですが。なにか問題でもあるんですか？」

「問題もなにもあんた、悪いことといわないから、そんなことするのやめなさい！」
「決してわたしたちは、遊び半分で行くわけではないんですが……。もしよかったら、そのへんの理由を聞かせてもらえないでしょうか？」
わたしがそういうと、初老の運転手はしばらく沈黙したあと、こんな話をしてくれた。

それはいまから数十年もまえのことだという。
夜中にお客を例のトンネル近くで降ろし、繁華街方面へもどろうとしたところ、本部から業務無線が入った。
「K沢よりM方面、空車いませんか」
空車で中心街まで帰るには、もったいない距離である。
すぐに無線のマイクを取り、運転手は、自分が現在すぐそばにいることを告げた。
すると迎車要請があったのは、トンネルを逆方向にぬけた所にある、一般の民家だった。
すぐに車をUターンさせ、トンネルを目指して、曲がりくねった急な坂道を登っていく。
山を登ると、しだいに周囲に霧が立ちこめ出し、眼前になにが立ちふさがっても、判別でき

ない状況になってきた。
いくつかのカーブを過ぎ、一段と急になった坂道を登りつめると、そこに例のトンネルが姿を現した。
「そのときふっと、一瞬、車のまえを人影が横切ったんです」
運転手はあわててブレーキをふむと、なにもないことを祈りつつ、車から降りて周囲を確認した。
前後左右をくまなく確認し、なにもなかったことに安堵のため息をつきながら、運転席にもどる。
車をふたたび発進させ、運転手はトンネル内へと入っていくが、そのときルームミラーに、なにか動くものが映りこんだ。
その当時、トンネルの中は、灯りのひとつも設置されておらず、構内も車幅ぎりぎりのせまさだった。
そんなトンネルの中で、なんどもルームミラーに目をやるのが危険だと感じた運転手は、トンネル内でいったん車を停車させた。

「いまでも信じられない。あんなものが、本当にこの世にあるなんて。いまでも……いまでもあれは、ときおり夢に出てくるほどです」

いままさにふり返ろうとする彼の視線上に、ふたたび先ほどのルームミラーに映る物体が見えかくれする。

彼は自分の目を疑った。

真っ暗な車内、それも、だれも乗っているはずがない後部座席に、それはいた。

「めちゃくちゃに逆立ったざんばら髪に浅黒い顔。その目はかっと見開かれていて、白目がないんです。だらしなく半開きになった下あごから、ずるりとのびきった舌がたれ下がっていて、『ええぇぇぇぇぇぇぇぇぇ』という声を発しながら、上半身を激しく前後にふっているんですよ！」

わたしたち一同は、唖然として聞いている。

最後に運転手はこう付け加えた。

「悪いけど、わたしはとても、あの上までは行けません。たとえお客さんからの要請であっても、お断りしているんです。悪いけど……わかってくださいな」

ここまで聞かされてしまっては、さすがに、むりじいもできない。

そうこうするうち、車は現場近くの住宅地へと入っていく。

「ほんとにごめんなさいね。わたしがお手伝いできるのは、ここまでです。あとはご自分らで坂を登っていってください」

そういうと、運転手はそそくさと、街方面へ向けて帰ってしまった。

「しかたないね。みんなで機材持って、登るとしようか……」

わたしは、落胆するみんなに向けていった。

気がつくと周囲には霧が立ちこめている。しかもそこはかとなく、かびくささがただよっていた。

ふだんからの運動不足がたたってか、みな一様に、ひいひいと息を切らして急な坂を登っていく。

やっとの思いで頂上付近までたどり着き、トンネル入り口の横にある空き地に、それぞれが機材を下ろした。

トンネルをのぞきこむ全員の顔がこわばり、顔を見合わせては〝ゴクリ〟とつばを飲む。

「さ、さぁ、とっととすませて帰ろうよ」

わたしの号令で、それぞれ担当する機材の準備にかかる。

レコーダーにテープとバッテリーが入っていることを確認し、マイクスタンドに高価なマイクを左右対称に二本セットして、トンネルの中に入っていく。

トンネル上部からカルシウムをふくんだ水がしたたっている。

その壁面を懐中電灯で照らし出すと、所々にある〝しみ〟が、人の顔のように見えてくる。

おそらくこのあたりが中央付近だろうと思われる所に、マイクをセットして録音を開始。片面三十分のテープを往復させる。

いったん、トンネルの外に出るが、そこで過ごす一時間は、なん十時間にも思えた。とにかく、なにか楽しい話題をだれかが話すことにして、沈黙が続かないようにする。

十分、十五分、二十分、三十分……。ここでようやく、テープを裏返し、さらに待つこと三十分。

ついに待ちこがれた一時間が経過して、みんなでマイクを回収するために、ふたたびトンネルの中へ向かう。

むろんその場で〝結果〟を確認できるはずもなく、とにかく急いで機材をバッグに収めた。

「あっちゃあ、さっきのタクシーに、一時間後にまたきてくれって、たのんでおけばよかったな！」

Eがいい、そんなあたりまえのことすら、すっかり忘れていたことに気づいた。

タクシーを降りたあたりに、自動販売機と公衆電話があったように思い、わたしは、とりあえず登ってきた坂を下りることを提案した。

坂を下りきった所に、案の定、公衆電話があった。横には〝タクシーカード〟も備えられている。

唯一の女性メンバーであったYが、硬貨を入れ、カードにある番号に電話をかける。すると、案外近くに空車がいたらしく、ものの十分ほどで到着するとのことだった。

割と正確な時間に、遠くからヘッドライトが近づいてきて、愛想のいい運転手が顔をのぞか

せた。機材をトランクに収め、全員が車に乗りこむ。
わたしとEが助手席にすわり、他の三人は後部座席へ。
ところがだ。
ものの十五分ほど走ったあたりで、わたしはこの運転手のおかしな行動に気がついた。なんだかしきりにルームミラーをのぞきこみ、後部座席のようすをうかがっている。
「どうかしましたか？」
わたしは思いあまって、運転手に声をかけてみた。
「いえいえ、もしかして、具合の悪い方がいらっしゃるのかなぁと思いましてね」
「なぜです？」
わたしの問いかけに、運転手はいった。
「先ほどからうしろで、ときおり『えぇぇぇぇぇぇぇ』と、苦しそうな嗚咽が聞こえるものですから……」
それを聞いてYが悲鳴を上げた。
「そ、それ、さっきから気になってたの！　あ、あたしの足もとから聞こえるのよぉ、そ

れ!!」

運転手がいったん車を停め、みんなで後部座席の足もとをのぞくが、別段変わったようすはない。

「み、みんな気にしすぎなんだよ。気にすんな気にすんな！　だいじょうぶだって」

Eの言葉で車はふたたび出発。その日は、それで終わった。

それからなにごともなく数日が過ぎたある日、Eから電話が入った。

すぐにでも会いたいとのことで、いまからうちにくるという。

しばらく待っていると、Eのものらしいオートバイのエンジン音が聞こえた。

顔面蒼白で我が家に飛びこんできたEは、ポケットからあの日の〝結果〟を取り出した。

「なっ、なっ、なにが録れてたと思う!?」

そこには……。

悲しげにむせび泣く声と、なん人もの人が話していると思われる、外国語が録音されていた

のである。
脳裏からはなれない〝人柱〟という悲しいひびき。
心から冥福を祈りたい。

「びっくりしたんだけど」

車関係の友だち数名をさそって、ある有名リゾート地へ出かけたときのことだ。
時期は仲秋。山々は色づき、絶好の行楽シーズンである。
まだインターネットが普及していない時代で、旅の情報収集はガイドブックからがあたりまえ。とにかく、こちらの条件に合うホテルが予約できれば、部屋割りなどは現地でこなせばいいと思っていた。

とちゅうで観光名所などを数箇所見て歩き、ホテルに着いたときには、すでに夕方五時を回っていた。
周囲をうっそうとした木々に囲まれている山間のリゾートは、日暮れが予想以上に早い。
駐車場に車を停め、フロントに行ってみると、わたしが予約していた部屋は、一棟貸しのペ

ンションであることが判明。つまり、一組一軒のすてきなログハウスが与えられるのだ。
手続きをすませ、それぞれが割り当てられた棟へと荷物を運ぶ。
「いったん落ち着いたら、ロッジに集合しよう」
そう約束をして、わたしはいっしょにきた彼女と、割り当てられたログハウスを目指す。わたしたちの棟はいちばんおくにあった。

かぎを開けて部屋に入ると、そこに充満する木のにおいが鼻をつく。
中を見わたすと、右おくにロフト風の中二階があり、そこにベッドが置かれている。わたしは、二泊ふたり分の荷物を、とりあえずそこへ運ぼうと、かなり急な階段を上っていった。
「なんだかつかれちゃったな。みんなで集まるまえに、シャワー、浴びてきていいかな？」
シャワールームとトイレは一階のおくにあり、彼女は着がえを持つと階段を下りていった。
しばらくして、勢いのいい水音が聞こえ始める。
わたしはその間に、持ってきた着がえを整えておこうと、荷物をほどき出した。
……とそのときだった。

ギシッギシッギシッ……

かなりはっきりとした歩調で、だれかが、いま自分がいる中二階への階段を上ってくるのがわかった。

しかし、依然として階下からは、シャワーの音がひびいている。

（え？　だれかきたの……？）

わたしは単純にそう思い、いまいる場所から、ひょいと階段側へ顔をのぞかせた。

そこにいたのは、まったく見覚えのない女性……。

さもあたりまえのような感じで、一歩一歩、階段を上ってくるのが見えた。

と、その女性がふいに顔を上げ、わたしと目が合った！

そのとたん……。

「ぎゃあああああああああっ！！！」

突然、彼女はそうさけぶと、階段をふみはずして、そのままずるずると、なん段かすべり落

ちて行ってしまった。

その姿があまりに痛々しくて、わたしは思わず、声をかけた。

「おいおい、だいじょうぶ!?」

するとその彼女は、ゆっくりと顔を上げて、いった。

「びっくりしたんだけど」

そして、その場からすーっと消えてしまった。

田端の家

極端に変わってしまった場所。なにも変わらない場所……。

どっちがどうとはいえないけれど、いいも悪いもないけれど、ああ、時代っていうのは、確かに動いてるんだな……。そう思うことがある。

なん年かまえのこと、わたしは友人のNといっしょに、東京・北区へと足を運んだ。

北区はわたしが小学三年生のときに過ごした所で、いいも悪いもさまざまな思い出のある場所だった。

当時、わたしの家は、渋谷の小さなアパートから、ここへ引っこしてきた。

初めて体験するマンション暮らし。

そんなに豪勢な建物ではなかったが、わたしにとっては初めて与えてもらった〝自分の部

屋〟がうれしかった。

北区に入り、なにげなくハンドルを切っているうちに、なんともいえない、なつかしさのただよう場所に出た。

○○第一小学校。

門柱にかけられたかんばんは、おそらくわたしが通っていた当時のまま……。

車を降り、しばらくそれを見て、かたまっていたわたしに、Nが声をかける。

「ここ、なにか思い出でもあるんですか？」

「あ、ああ、実はね……」

ここでしばらく暮らしたことがあると伝えると、彼は目をかがやかせてこういった。

「だったら、そのときに住んでいた家、行ってみましょうよ！」

彼の提案にのり、せっかくなので行ってみることにした。

学校からは、目と鼻の先であったはずのマンション。

ゆっくりと車を進めると、やがて道は線路沿いにつき当たる。その右側にあるはずの七階建ての建物……あった！

一階の駐車場、そして全体のおもむき……。当時のまま、なにも変わらないそこには、悪ガキ・中村がいた。

友人たちと、連日くり広げたライダーごっこ。額に汗して熱中した、メンコにベーゴマ、三角ベース……。

そしてわたしは、ふいに、あの子のことを思い出した。

マーちゃん……。

「いいかい？　いっしょに遊ぶのはかまわないけど、絶対にあの子にけがをさせちゃいけないよ」

母はわたしに、そういっていた。

「どうしてマーちゃんは、けがをしちゃいけないの？」

「あの子は病気でね。ちょっとでもけがをすると、血が止まらなくなってしまうのよ」

マーちゃんは、我が家の一階上に住んでいた女の子。本来ならば、わたしの一年下、小学二

年生だったと思うが、病気のために学校にはきていなかった。
我が家と同じく、マーちゃんの母親も、夜になると勤めに出ていたため、マーちゃんは夕方になるとうちにきて、よくいっしょに遊んでいた。
ところが、休みの日になると、昼間でもわたしについてくるようになり、かといって男の子たちと遊んで、けがなどさせるわけにもいかず……いつしかわたしは、マーちゃんをさけるようになっていった。

一年後。
親の都合で、わたしは急きょ、沖縄へ転居することになった。
「いやだ！　行っちゃいやだ！　どうしてマーちゃんを置いて遠くへ行っちゃうの！」
泣きながら必死にすがってくる彼女の姿を、わたしは、いまでもはっきりと思い出すことができる。
彼女の病気が小児白血病であったことを、わたしは中学生になって聞かされた。
そんなことを思い出しながらマンションを見上げていると、Nがそっと声をかけてきた。

「中に入ってみませんか」
「ええ？　いや、でもなぁ……」
「車はここに置けるし、せっかくですから、ちょっと入っちゃいましょうよ」
「そ、そうかぁ？　……よし、行ってみるか！」
ふたりで車を降り、くつ音のひびくマンション内へと入っていく。

とりあえずわたしは、当時お世話になった大家さんを訪ねてみようと考えた。
エレベーターに乗りこみ、⑦のボタンをおす。
目的の階に到着し、ドアが開いた先に広がっていたのは、数十年まえに見慣れた荒川をのぞむ風景。
若干ためらいながら、わたしが呼び鈴をおすと、思いのほか、すばやい反応が返ってきた。
「はい、どちらさまですか？」
「あ、あのう、わたし以前こちらに住んでいた者でして」
「あらあら、そうですか」

「はい、そ、それで、今日は近くまできたものですから」

「はいはい、ちょっとお待ちくださいね」

聞き覚えのある女性の声。大家さんのおくさんにちがいなかった。

間もなく玄関先に現れた初老の女性を見て、わたしの記憶は一気にあの時代へと巻きもどされる。

当初は、困惑気味であったおくさんだが、事情を伝えると、急に顔が明るくなるのが見て取れた。

「ああ、思い出した思い出した！　あなたお母さまとふたりで住まわれてて、沖縄かどこかへ引っこされた人よね？」

おくさんの記憶のよさにおどろいた。

「そうなのそうなの……なん年ぶりかしらね？　うちの人は死んじゃったんだけどさ」

（死んじゃったのか……）

わたしは少し残念に思ったが、そこからは「あのあと、どうされてたの？」とか「お母さまお元気？」とかいう、なつかしさを引き連れた、あたりさわりのない話が続いた。

「ありがとうございました。それじゃあ……」
そうわたしがいいかけ、話を切り上げると、思いもよらぬ提案がおくさんの口をついて出た。
「せっかくだから、あのころ住まわれてたお部屋、見ていったら？」
「え！　い、いいんですか？」
当然、その部屋には現在、住んでいる人がいるはずで、まさかそんなことがかなうとは、思ってもみなかった。
「かまいませんよ。……というより、これは本当になにかの縁を感じるわね」
「……とおっしゃいますと？」
「実はね。おかげさまでうちのマンションは、いつも満室なのよね。でも先週、長く住まわれてた、あのお部屋の人が出ちゃってね。どうせだから、室内を全部リフォームしてしまおうと思って、明日から業者さんが入ることになってるのよ」
「リフォーム……ですか」
「そうよぉ。そうなれば中の造りが完全に変わっちゃうから、それから見たってなつかしいもへったくれもないでしょ？　第一、もう次に入る人が決まってるから、見ることすらできない

しね」

そういって、おくさんは部屋のかぎをわたしてくれた。

この異様なタイミング……。わたしはなにかの〝縁〟というか力を、感じずにはいられなかった。

部屋の中はわたしの中にある記憶の通りだったが、見る側の大きさがちがうからか、こんなにもせまかったのかとおどろく。

そして一本の柱に、小学三年生の自分を発見した。

「ばいばい　たばた」

沖縄へ旅立つ前日、もう出なくなったボールペンの先をおし付けて、ほりこんだ〝さようなら〟……。

「ありがとうございました」

わたしはふたたび大家のおくさんの部屋へ、かぎを返しに行った。

「また寄ってちょうだいね。今日はとってもうれしかったわ」

「あの、おくさん、最後にもうひとつだけ、教えていただけますか？」
「なにかしら？」
「当時上の階に、マーちゃんって女の子が、住んでいたはずなんですが」
「マーちゃん……」
「ええ、なんでも小児白血病……」
「ああ、思い出した！」
「思い出しましたか。彼女はあれからどうして……」
「亡くなったわよ」
「えっ！」
「あなたたちが引っこして行って、ちょうど一年後くらいだったかしらね。夜中に救急車で運ばれて……そのままね」
あの子は……マーちゃんは死んでいた。田端最後の日の思い出が、わたしの脳裏にうかぶ。
「おにいちゃーん！　待ってーっ！　おにいちゃーん……」
親からかたく禁じられていた自転車に乗り、走り去るタクシーを、どこまでも追ってきた

マーちゃん。

小学三年生の思い出との交錯……。

これを単なる〝偶然〟と片付けるのは簡単だが、そこには、やはりなんらかの〝人の心〟が介在していたと、思わざるをえないできごとだった。

こっくりさん

小学校時代に、なんどか転校をくり返したわたしだったが、その最後の引っこし先となった北の町での話だ。

当時は、まるでせきを切ったような心霊ブームだった。

毎週のようにテレビは心霊系の番組を放送し、ラジオの深夜番組を聞けばリスナーの心霊体験談が流れてくる。

少年誌や少女誌も、これでもかと怪奇物を掲載した。

そこによく紹介されたのが〝こっくりさん〟だった。

一種の降霊術的なもので、雑誌などに、そのやり方がこと細かにのっており、当時の子どもたちの中には、それを試してみようという者も少なくなかった。

降霊術というのは、占いや予言、過去にあったことなどを聞くために、霊などを呼びよせることだ。

わたしと同じ学年に、村松という男子がいた。

別段わたしは仲がよかったわけではないが、いつのころからか、その名前をたびたび耳にするようになっていた。

「今日の放課後、村松が、またこっくりさんやるってよ！」

「昨日の村松のあれ、すごかったよなぁ。あんなになんでもあたるもんなんだな」

「村松に『こっくりさんが、通学中に事故にあうから気をつけろといってる』といわれた○○子、本当にそのあと車にはねられたらしい……」

子どもたちにとって、村松の言葉は、まさに〝神聖なるご神託〟そのものであった。

そんなある日、村松が学校にこなくなった。

彼と同じクラスの子に聞いてみると、なんでも体をこわしているという。聞いたときは、夏

かぜでもひいたかと、別段わたしは気にせずにいた。
ところが、その数日後、町はずれの古い墓地にある無縁堂の中に、はだかで立っている村松を発見した。
「昔からおれはここに住んでいる」
おどろいて声をかけたわたしに、村松は真顔でいい放った。
そのときの彼の表情を、わたしはいまだに思い起こすことができる。
尋常ではないまなざし、ろれつの回らない口調……その異様な姿は、異常におそろしかった。
その後、村松の家は破綻した。
両親は離婚し、その上、父母はどちらも村松の養育を拒否し、彼は施設に入ったと聞いた。
それからどうなったのかは、ようとして知れない。
〝こっくりさん〟……。子どもでもかんたんにできるため、興味がある人も多いだろう。現在では、なんとスマートフォンのアプリまで存在する。

しかし絶対にやってはいけない。

〝ご神託〟などではない。これは低級霊との交信なのだ。

花の精

この話を書くには、そこそこの勇気がいる。
いや、わたしにとっては〝超絶的な勇気〟といえるかもしれない。

初めてそれを見たのは、小学五年生のときだった。
わたしの母方の祖母は実にまめな人で、それなりの広さを持った庭いっぱいに、四季折々の花を植え、毎日せっせとその世話をしていた。
時期は夏の盛り。
セミたちが大音響で組曲を奏でる中、焼け付くような太陽の日差しが、花々の色合いを一層引き立てている。
わたしはその中でも、ある花が大好きだった。

それはダリア。

そのみごとなまでの大らかさと、この世のものとは思えぬつややかな色合い。心優しき少年であったわたしは、毎日、その大輪の花を見るのが日課となっていた。

そんなある日のこと。

いつものように庭に出て、わたしは大輪のダリアに歩み寄った。

（なにかいる……!?）

花の上にすうっと、それはまるで、花の中からぬけ出るかのように現れた。かげろうのように、ゆらゆらとゆれ動いている。

「けっ、けっ、けむしっ!!」

一瞬、わたしはそう思ったが、そうではない。

大きさは十センチほどだろうか……。

それは、あきらかに人間の形をしている。そして全身がきらきらとかがやき、変な表現かもしれないが、アルミ箔をくしゃくしゃにしてから広げ、それに太陽光が乱反射しているような、

そんな感じだ。

おどろくわたしをしり目に、その小さいのは、ぽんと花をけったかと思うと、そのまますうっと空中に飛び上がり、空気にとけこむように消えてしまった。

「おばっ、おばっ、ばっばばあ、いまっいまっ！　いま、うううえにっ!!　なっ、なっ、なっ、ちっちっちっち！」

そのまま家へ取って返し、わたしは祖母に報告したが、まるで言葉にならない。

落ち着いてから、見たことを家族に話してはみたものの、当然信じてはもらえず、結局そのまま小さな胸のおくそこにしまうことになった。

ところが、それから二十数年後。

そう、忘れもしないあれは六月初旬のことだ。

その日はわたしの新事業のスタートを祝って、実家でささやかな食事会をもよおしてくれていた。

さまざまな料理が並ぶ中に、わたしの大好物である刺身の舟盛りがあった。

（いやー、こりゃ、うまそうだね……）

そう思い、なにが入っているのかと、品定めを始めたときだった。

そんな舟盛りには、よく所々に菊の花がそえられている。

実はわたしは、あれを見るとなんだか、いつもいたたまれない気持ちになる。首をもがれ、生ぐさい中に置き去りにされた花……。本当はいたくもない世界だろうに、なんのいわれでこんな所に……なんて考えてしまうのだ。

それでせめてもの救いになればと、いつも水を張ったグラスに、ぽんとうかべてやることにしている。するとなんとなく、その花が、かがやいて見えるものなのだ。

確かにそれは、いっときの自己満足に過ぎないかもしれない。でもわたしはそうしたいのだから、しかたない。

そのときも、いつものように、そこにあったシャンパングラスに水を張り、首をもがれた菊を三つほどうかべてやった。

それから一時間ほどたったころだった。
カウンターテーブルにひじをついて、なにげなく、わたしは先ほどのシャンパングラスに目を向けた。
（んっ……？）
一瞬ではあったが、なにかが、またたいたように見えた。まるで、そこに小さなストロボがあるような、そんな感じ……。
直後に車の運転をひかえていたわたしは、アルコールは一滴も口にしていない。
気にしないようにしていると、視界のすみの方でまた光る。
少し気味が悪くなったわたしは、視線をそらしつつも、グラスを自分の視界に入るぎりぎりの所にとらえてみた。するとこんどは、なにかがグラスの上で、くるくると回っているのが見える。
わたしはそのまま、ゆっくりと視線を合わせた。
グラスにうかぶ菊の花の上、二センチほどの空中に、かなりくっきりとした姿でそれは飛んでいた。

トンボの羽をもう少し大きくし、上に向いた羽先をとがらせたような形。体はうす緑色にきらきらと光り、顔はかなりほりの深い、くっきりとしたおもむき……。

それと目が合った瞬間（しゅんかん）、わたしは強烈（きょうれつ）なめまいを感じた。そして、小学五年生の、あのときのことをはっきりと思い出してよろめいた。

次に見たときにはもうそれは消えていたが、水にうかんだ花は一か月近くもかれることはなかった。

うそのようだが本当の話だ。

笑う男

いまから十年ほどまえのこと。

ある友人のつてで、山間にある小さな町で、クローズの怪談ライブを開催することになった。クローズのライブは、ライブ情報を一般に公開せず、主催者が友人知人をつのって行う、いわば〝仲間うちの怪談会〟のようなものだ。

そこはこれといった名所もなく、閉鎖的で閑散としていたが、わたしがその町に着くなり、そこの名士と呼ばれる男性が、さまざまな場所へと案内してくれた。

行く先々には、その町の歴史をものがたるモニュメントが置かれているのだが、それに関わる歴史上の人物さえ、わたしには聞き覚えのないものばかりだった。

そうこうするうちにも、時計の針は十二時をさし、昼ごはんを食べましょうということに

なった。

「名物料理を出す店がありますから……」

そういわれておさそいを受けるが、その食べものひとつとってみても、よくある仕出し弁当のようで、これといって特色のないものばかりであった。

（町がおとろえる理由、それがここにある！　ということに、だれも気づかんのだな……）

口には出せないが、正直そんなことを、ついつい考えてしまう。

ライブ自体は翌日だったが、いまだ会場を見に行く気配がない。

業をにやして、わたしはそれを伝え、直後に会場を見に行くことになった。

会場となるのは、町のはずれにある一軒の小劇場。

外には昔の名画のポスターが残り、まるでそっくり時代に取り残された、精密な模型のように見える。

「お話ししたと思いますが、ここはいまは使われとらんのです。ときおり、町の有志が集まり、

『銀幕の会』というのを開いて、なつかしい映画を観とります」

〝名士〟が説明する。

館内に足をふみ入れる。いたる所にほこりや紙くずがたまり、いつのものかもわからないような、映画のパンフレットが積まれている。

映画館特有のぶあついとびらを開くと、そこにひな段になった観客席。わたしは、その数を目算してみた。どう見ても三百はある。

今回の集客は八十名程度と聞いていたわたしは、主催者の男性に問いかけた。

「ここ、ちょっと大きすぎやしませんかね？　ここに八十名だと、かなりがらがらに見えますが……」

すると男性は、あわてたようにいった。

「あ、いえいえちがうんです！　実はですね……」

ここの二階に〝試写室〟なるものがあり、そちらの席数がちょうどいいのだと、男性は説明した。

右側のとびらから出ておくへ進むと、「これより先立ち入り禁止」の立て札があった。さら

に先へ進む。右手のくぼんだ所に、せまく急な階段が現れた。どうやらその上が、試写室らしかった。

「こんないなか町にあって、これほどの設備を持つ劇場は、古今東西探しても見つからないと思います。ほら、スピーカーを見てください。すごいでしょう。本当に金がかかってますよ、ここは……。

とはいえ、いまはご覧の通りですがね」

名士が自慢気に話す。まったくその通りだと思った。

試写室へ上がってみると、そこにはれっきとした舞台にスクリーン、そのまえにはゆるくアーチを描いた座席群が設置されている。

「これでジャスト百席なんです。予定しているより来場者が増えたとしても、ちょうどいいくらいかと……」

主催者の説明に納得して、照明や音響のチェックをすませると、わたしはその日の宿となる旅館へ向かった。

「こ、これは……ずいぶん年季の入った建物ですね」
これでもずいぶん気をつかったコメントのつもりだった。
旅館の建物全体が、異様なほどすすけている。いまにも、チューリップハットをかぶった探偵が出てきそうな雰囲気だ。
「いいでしょうこの感じ！　もっと新しいホテルもあるんですが、あえてここにしました」
名士の言葉に、わたしは思いっきり（なぁぁぁんでだよ！）とつっこみたかったが、またおかしな歴史なんかをくり出されても困るので、あえてここはだまっていた。
「では明日九時に、おむかえに上がります」
わたしが旅館の玄関まえで車を降りると、主催者はそういって走り去って行った。
荷物をかかえ、大きなガラス戸を開ける。するとすぐに仲居が飛んできた。
「どうも～おつかれさまでございましたぁ。お部屋はお二階にございますぅ」
なんとも間延びした話し方をする、中年の女性だった。
中を見わたすと、黒板張りの廊下に行灯が置かれ、確かにいい雰囲気。
廊下左手にある幅の広い階段下にはたんすが設けられ、板がギシギシといい鳴り方をする。

「こちらでございますぅ」

そういって通されたのは、四畳半ほどの小ぢんまりとした和室。入り口上部には〝檜の間〟とあり、部屋の中にはすでに布団がのべてあった。

部屋の中の照明は、天井から下がった、はだか電球のみ。それもかべにスイッチがなく、いちいち電球ソケットにあるものをひねらねばならない。

部屋のすみには床の間がつき出しており、どう見ても、このせまい空間には不要と思われた。

床の間に、一幅のかけ軸が下がっている。しかもそこには、観山の落款。下村観山は明治から昭和にかけての有名な日本画家だ。

「すごい観山もあったもんだな……」

わたしは思わずにやけながら、ひとりごちた。

かかえていた荷物を投げ出すと、どっとつかれが噴出。

晩飯までの少しの間、惰眠をむさぼろうと、ごろりとねころがった。

「あぁぁはぁはぁはぁ……あはぁはぁはぁはぁ」

やにわに耳に届いた珍妙な笑い声で、わたしは目が覚めた。別段夢を見ていたわけではないと思う。

「えへぇぁ……あはぁはぁはぁはぁ」

（まだ笑っていやがる！）

廊下から聞こえると思ったその声の主に、ひとこといってやろうと、入り口へ向けてはっていこうとして、わたしはこおりついた。

声は……部屋の中からする。しかも、わたしの背後から……。

わたしの真うしろにあるのは、床の間だった。

いままさに消え入りそうになっている笑い声……それはまぎれもなく、このせまい部屋に設置された、あの床の間の中から聞こえている。

（いや待て。もしかすると、となりの部屋の声が、あの場所からひびいているだけかもしれん……）

むりにそう断定し、わたしは寄せてあるちゃぶ台について、タバコに火をつけた。

そうこうするうちに、仲居が夕飯のしたくが整ったと知らせにきて、階下にある大広間へと

通された。
見わたすと、その日の泊まり客は二十人程度。
その中に、先ほどの声の主と思われる男性の姿を追ってみるが、そのような人物は見当たらない。
釈然としないまま、箸も進まず、結局、ビールを一本飲み干しただけで、わたしは部屋へもどった。

それから旅の汗を流そうと浴場へ行き、大きな湯船につかって目を閉じる。
と、そのときだった！
「うえぇぇへぇぇぇぇ……あぁはぁはぁはぁはぁ」
あの声だ！
あの声が脱衣所から聞こえた。そこに目をやると、すりガラスごしに動く人影がある。
わたしはおかしな緊張に包まれ、いまから入ってくるであろう人影を、じっと待っていた。
ところが、ガラスごしに見たはずの人物は、浴場へ入ってくることはなく、そのまま気配を消

し去ってしまった。

わたしはそそくさと湯から上がると、タオルを持って、おそるおそる脱衣所へと続くガラス戸を開けた。

廊下から脱衣所への入り口となるとびらは、異様なほどきしみ、開け閉めするときに、大きな音をたてていた。その音をさせずに立ち去ることは不可能に近い。ということは、その男は、まだ脱衣所にいるはずだった。

ところが、脱衣所には猫の子一匹見当たらなかった。

こうなると気味が悪い。どうにもたまらない。

わたしは下着のまえうしろさえ確認しないままはくと、ゆかたを引っかけ、なにかにはじかれたように廊下へ飛び出した。

あわてて転びそうになる。はっとして目を上げると、若い女性ふたりが、おしゃべりをしながら近づいてくるのが見えた。

そのごくあたりまえな現実を見た瞬間、自分の狼狽ぶりが、とっぴょうしもないものに感じ

られる。わたしは、あくまで平静を保ち、女性たちに軽く会釈してすれちがった。
（さっき急いであおったビールが効いてるのだ。うん。そうにちがいない。こうなったら、とっととねちまおう……）
そう思いながら部屋へもどり、明日の用意を整えて、わたしは布団にもぐりこんだ。

どれだけ時間がたったころだろうか。
気づくとわたしは、一本のつり橋の中ほどにたたずんでいた。日は西にかたむきかけている。
眼下にはやせた川の流れがあるが、さほど高さは感じられなかった。
橋の幅は、車が一台余裕で通れるほどで、目立った古さはない。
ぴんと張ったワイヤー部分にうでを、その上にあごをのせて遠くを見ていると、左側から、ゴツッゴツッゴツッ……と人の歩く音が聞こえてくる。
見ると、ひとりの男性のうしろ姿があった。
やにわに男性はふり返り、にっこり笑って手をふっている。
「こっちこっち！　中村さん、ほらすぐそこ、すぐそこ！」

それを聞いたわたしは（そうだ。確かにすぐそこだ）と確信する。
だが、それがなにを意味するものか、なにが〝すぐそこ〟であるかが判明しない。しかしそのなにかが〝そっち〟にあり、ここから見て〝すぐそこ〟にあることを、わたしは知っている。

男性にうながされるまま、あとに続くと、やがて橋をわたり切り、左右をうっそうとしげる雑木林に囲まれた、舗装されていない道路に出た。
「ふんふふ～ん♩」
まえを歩く男は至極ごきげんで、手に持った木の枝を左右にふりながら、鼻歌を歌っている。
それが、スメタナの代表曲「モルダウ」であることに気づくまで、そう時間はかからなかった。

道を進むにつれて森は深くなり、周囲が紫に近い闇に支配されていく。
男の鼻歌が止まった。
そう思ったとたん、くるりとこちらを向き返り、左手を水平にまえに出して、木々の中を指さしている。

「なぁかぁむらさ～ん、ほぉらぁ、ここですよぉ」

そういわれたとたん、自分の中にも（そう！　確かにここだ！）という確信がわき上がった。

男性はためらうことなくその中へ身をおどらせ、生いしげる木々をぬっておくへと入って行く。わたしもそれに続いて、足をふみ入れようとした瞬間!!

「行っちゃだめだっ!!」

耳をつんざくような大きな声が聞こえて、わたしは思わずたじろぎ、その場に留まって男性の行方を目で追った。

男性はなにかを探しているかのように、木々の間を右に左に動き回っていたが、ある所ではたと立ち止まり、いまはその場にしゃがみこむようなかっこうで、背中を丸めて動かない。

やがてその場でぬっと立ち上がり、ゆっくりとこちらに向き直った。

男性の両手には、大事そうに、なにかがかかえられているようだが、木の間から差しこむ、いくえもの細い夕日が逆光となり、その実態が判明しない。

ときおり所々がきらりと黄色く光るのだが、その光源がなんなのかもわからなかった。

落ち葉と小枝をふみしだきながら、男性はゆっくりとした歩調で、わたしに近づいてきた。

「ほぉらぁ、なぁかぁむらさぁん、ほぉらこれこれぇ……うぅふっ……えぇへぇっ、えぇあぁぁぁはぁはぁはぁはぁはぁはぁ」

「そ、その声っ！　うわあああああああっ!!」

まるで自分の声に、けりを入れられたように、わたしはそこで飛び起きた。

夜はとうに明けており、日に焼けたカーテンのすき間から、それに似つかわしくない陽光が差しこんでいる。

あわてて時計を見る。八時五十分！　むかえがくるまで、わずか十分しかない。

わたしはあわてて顔を洗い、身じたくを整えると、荷物を持って階下へと降りた。

それから、前日と変わらない行程をたどり、わたしは夕方早めに会場入りした。

当日はありがたいことに満員御礼で、うしろには立ち見の方もちらほら見える。百席の会場に百二十名をこえる来場があったと聞いた。

この日の怪談ライブは三部構成で、一時間ごとに十分の休憩をはさむ。

一部を無事こなし、二部に突入して、しばらくしたときだった。

「ウヘヘヘヘヘヘヘヘヘヘヘヘ」

会場から突然、まるで人をあざけるような笑い声が上がった。

しかしそこは、わたしもプロのはしくれ。それをうまくやり過ごし、二回目の休憩に入った。

ひかえ室で水を飲んでいると、主催者の男性がかけこんできた。

「な、中村さん、あの……だいじょうぶですか？」

顔を紅潮させながら、開口いちばんにいった。

「んっ？　なにも問題ありませんが……。なんかあったんですか？」

逆にわたしは質問した。

「あ、いやいや、なんでもなければいいんです！　それでは最終ステージがんばってください」

男性は大きく手をふって、まるでにげるように出て行ってしまった。

第三部も、頭は通常のこわい話、中ほどから終盤にかけて、ほっとするような話、最後には感動する命の話へとつなぐ予定だった。いつものわたしのスタイルだ。

しかし、この日の最終舞台は、はなからようすがちがっていた。

休憩が明け、わたしが舞台にもどってからも、会場内がみょうにざわついている。
（さすがに怪談ライブ初体験の人たちに、三時間は長かったか……）
わたしはそう思って、手をたたいて注目をうながした。
（ここからはだらだらやらず、きっちり〝しめ〟につないだ方がいいな）
そう考えて話を進める。そして事件は、その肝心要の最終話のとちゅうに起こった。

話が佳境に入り、会場からは鼻をすする音、すすり泣く声が聞こえてきた。
（このまま、しめに流れこむ……）
あたりまえにそう思った、まさにそのとき！
「あぁぁぁはははははははぁ……あはぁはぁ」
あの笑い声だ。
それまではなんとか平静を保ち、マイペースで舞台を進めていたわたしだったが、このときばかりは、語りを止めてしまった。
舞台にいるわたしからは、強烈なスポットライトによって、客席はほとんど見えない。

わたしはもっとも客席に近い舞台の先端へ歩み寄り、手でライトをさえぎるようにして、客席に向かって語りかけた。

「あの……なにかおもしろかったですかね？」

しかし、それに応える人物はだれもいない。わたしはもう一度たずねてみた。

「なにか……おもしろい箇所がありましたか？」

すると、客席中央付近にすわっていた、ひとりの女性が立ち上がった。

「あ、あの……ちょっといいですか？」

おどおどとした感じで、声までがふるえている。

わたしは、いったんスポットライトを落としてもらうようたのんだ。

彼女がすわっているあたりを見る。

彼女のとなりの席が、ひとつだけ空いていた。

「あの……わ、笑い声……ずっと聞こえてたんです」

「ずっと……ですか？　それはどのあたりから？」

すると彼女はなにもいわず、となりの空席をじっと見つめて固まった。

「おとなり、空いてますね？　そこの席がなにか……」
彼女は、わたしの言葉にかぶせるようにして声を張った。
「ここにっ！　さ、さっきまで男の人がいたんですっ！」
これを機に、一気に場内がざわつき始めた。すると、空席の反対どなりにすわる初老の男性が話し出した。
「確かに、ここにだれかいたと思います。よしんば、とちゅうで席を立ったにしても、この場所から出て行くには、左右どちらかの席のまえを、苦労してぬけて行かなきゃならん。だれかそうして出て行った人を見かけたかね？」
それにはだれひとり、首を縦にふる者はいなかった。
なおも女性が続ける。
「そ、それでですね。その人がすわってた座面が、ずっと下がったままなんですが……」
この会場の座席は、人がいないときには、座面がカシャリと上を向くしくみになっていた。体重をかけないと、座面は上がったままのはずだった。にもかかわらず、その空席は、まるでそこに人がいるかのように、座面が下りたままになっている。

「こ、この下に……なにかあるんです」
さらに女性がいった。
「え？　いったいなにが……」
「いやです!!　見たくない！　でもさっき、ちらっとのぞいたとき、確かにこの下に……なにかがあるのが見えて……」
女性がそういうと、先ほど発言した初老の男性が、ためらうことなく座席の下へ手をつっこんだ。
そして、次の瞬間!!
「うわあああああああああああああっ!!」
というさけび声とともに、男性は手にしたなにかを放り投げた。
その〝なにか〟はうしろの席へと飛んで行き、そこでもまた新たな悲鳴が上がる。
会場内に文字通り、悲鳴が飛び交った。
「ちょっとちょっと!!　いま投げたのなんですか!?」
わたしがそうさけぶと、それを受け取ったいちばんうしろの人が、おそるおそる舞台へ向

かってきた。
「なっ!!」
それはなんと、所々を金でかざられた、うるしぬりの位牌だった。
だれのものかも、どこからきたのかもわからぬ位牌が、上がることのない座席の下から出てきたのだ。
「ぎゃーっ!!」
「うわああっ!!」
ふたたび会場内に悲鳴が上がる。
こんどはなにがあったかと目をやると、わたしがその位牌を手にしたとたん、下がっていたままの席の座面が、カシャリと上がったというのだ。
わたしはにわかに思い出した。
昨晩の夢で、雑木林から出てきた男性が、大事そうに持っていたもの。
ときおりきらりと光っていたあれ……。

あれこそが、この位牌そのものではなかったのかと……。

あっ！

数年まえ、あるテレビ番組の野外収録地のロケハンに、北関東のある山中へと出向いた。ロケハンはロケーションハントのこと。撮影に最適な場所を探して回ることだ。

時刻はすでに夜十時を回っている。

とちゅうからの合流組、電車でかけつけた組を合わせ、総勢八名。

全員で数箇所歩いて回るが、行く先々でいろんなものが見えたり聞こえたり……やはりこんな時間に、こんな場所をうろつくものではないと痛感する。

決して危険な場所を選んで歩いているつもりはないのだが、我々の〝趣旨〟を見こしているかのように、実にさまざまな場所から、いろいろなものが顔をのぞかせる。

最初に向かった砂防ダムでは、人がふみ入る余地のない山中から歌声が聞こえ、次に訪れた

廃校では、いまは使われていない真っ暗な体育館の中から、点々とボールをつく音が……。

そんな経験をしながら、「そろそろ帰ろうか」となったときには、午前二時をとうに過ぎていた。

二台の車に分乗して、最後のロケハン地のダムに向かうと、ひどい濃霧に包まれて、やむなくきたのとは別の道を選択することにした。しかし、これが大はずれだった。

〈落石注意！〉のかんばんがいたる所にあり、車一台ぎりぎり通れるような山道を、注意深く走ること小一時間。

やっと町の灯りが見え始めたときには、運転するわたしのねむさも、ピークをむかえていた。

コンビニに寄って、コーヒーを飲みながら小休止を取り、もう一台の車と待ち合わせをした駅近くのファミレスへ向かう。ここで始発電車が動き出すまで、しばらくみんなで歓談して過ごす。

時計の針が朝五時を回り、そろそろ駅に向かおうと全員で席を立ち、ふたたび車に乗って駅へ向かった。

駅まえで同行してくれたスタッフたちと別れ、わたしは自宅へもどるため、そのまま車で、

駅まえのロータリーを周回して帰路についた。
ものの五分も走ったころだろうか。
突然、後部座席から「あっ！」という女性の声が聞こえた。
それはまさに、なにか大変なことを思い出したという感じの声で、思わずわたしは、ブレーキをふんでしまったほどだ。
もちろん車内にはだれひとり残ってはおらず、ふり返っても、声の主がそこにいるはずもなかった。
なんだよ、「あっ！」って……。

カチ、カチ、カチ

以前泊まったあるホテルの部屋で、ちょっと気になることがあったので書いておこうと思う。
そのまえにくぎをさしておくが、その部屋自体に、なんらかの霊的な問題要素があったわけではないと思うので、そのへんを考慮に入れて、読み進めていただきたい。

その日は、朝方に怪談ライブが終了し、わたしはホテルへもどると、シャワーも浴びずに、そのままどっとベッドにたおれこんだ。
どのくらい時間がたっただろう。
ふと、左うでに異様な感覚を覚えて、わたしは目が覚めた。
着けたままにしていたわたしのうで時計を……なに者かが、カチ、カチ、カチとつっついている。

このとき泊まった部屋はツインで、わたしがいまねているのは窓側のベッド。
わたしの左側には、となりのベッドとの間にすき間が存在する。
金しばりにおちいっているわけではなかったので、わたしは左にむき返った。
そこに、ぼさぼさに逆立った髪の毛をした、そして、異様に縮まった漆黒の人影がうずくまっているのが見える。
それが細い手をのばして、わたしのうで時計を爪でカチカチとやっているのだ。
「うわっと！」
思わずわたしは、自らの手をふりはらった。その瞬間！

ずぅおおおおおおおおおっ！

その人影は、突然ひからびた声を上げ、ぬっとその場に立ち上がると、その勢いを借りて、そのまま天井へとぬけていった。

そのとたん聞こえる、上階からの悲鳴。そしてなにかを落としたかのような音。
どうやら上の部屋の客も、〝見える〟人だったらしい。

ヒールの音

ある年の暮れ、都内にあるレンタルスタジオで、わたしが製作にかかわる映画出演者のオーディションがあり、わたしは審査員を務めることになった。

オーディションは、いろいろな人生、いろいろな人間模様が錯綜する場。その日も、実にさまざまな〝気〟に満ちていた。

夕方、少々時間が空き、スタッフから「中村さん、怪談聞かせて！」の声が上がる。スタジオ内の照明をほんのりと落とし、雰囲気もかなりいい感じに仕上がっている。

（おお！　ここライブで使えるじゃん！）

などと現実的なことを考えながら、時間があまりないこともあり、以前ある番組でやったホテルの話を、いつもよりじっくりと時間をかけて語って聞かせた。

話は終盤に入り、いよいよ佳境にさしかかったときだった。

コツッコツッコツッコツッコツッ……コツッコツッコツッコツッコツッコツッコツッコツッ……

天井から聞こえる、あからさま過ぎるヒールの音。

その音は建物の入り口側付近からスタートして、会場の手まえに設置されたひかえ室側へと進み、また入り口付近にもどる。なんどもなんども同じ行程をくり返している。

その音はその場にいた全員が確認した。

そしてだれもが、なぜこれほどまでに音がひびくのか、不思議に思っていた。

「もしかしたら、受験者が早めに着いちゃって、まちがって上の階に行っちゃったのかもしれないな」

そういって、責任者のS氏が上階に向かうが、すぐにもどってきた彼は、青ざめた顔でこういった。

「だれもいないぞ。……というより、おかしなことに気づいたんだ……」

そういわれて、みんなで玄関側の廊下へ出てみる。
「ほら。ちょっとこれ見て」
S氏が指さす所を見ると一枚のドアがあり、試しに開け閉めしてみると〝バタンバタン〟と、かなり大きな音がする。
「このドアを開ける音がしなかったし、あの足音が、このあたりで立ち止まった気配もなかったよね？」
そうなのだ。まるでさっきの足音は、このドアをすりぬけたかのように二階に上がり、そのあとふたたび、玄関近くのドアへもどる足音も、聞こえてこなかった。
いったい足音の主は、どこへ行ってしまったのか、だれもが不思議に感じていた。
「ちょっと、ここの管理者に聞いてみよう」
そういってS氏は、スタジオの管理事務室に向かった。そこでこんな話を聞いたという。
「実は……以前から、確かにヒールの音にはなやまされているんです。ある番組などは、収録中にその音が頻発し、なんどもNGが出たほどでして……」
建物の造りは、近代的な鉄筋コンクリート製。しかもそこは防音設備を完備したスタジオで

ある。

それほどまでにひびきわたるヒールの音……それはいったい、なにを示すものだったのだろうか。

レコード

わたしがまだ、小学校低学年だったころ。
近所に住む、大学生のお兄さんの所へ、よく遊びに行っていた。名前を同じく中村さんといった。

お兄さんの家は、大きく庭が張り出した、洋風のあつらえが随所に見られる豪邸。
当時流行していた家具調のステレオセットがあり、小学生のわたしにも、それがかなり高価なものであることがわかった。
スマホで音楽が聴けるいまでは、想像もできないと思うが、当時の家具調ステレオセットというのは、とにかく大きかった。
高さは大人の腰くらいまであり、レコードをかけるプレーヤー本体とその左右に、これまた

でかいスピーカーが鎮座する。ちょっとしたテーブルくらいの大きさはあるだろうか。

ステレオセットの横のたなには、整然とレコードが並んでいた。そのほとんどが、わけのわからぬ洋楽であったように記憶している。

屋内に他の家人の姿はなく、いつもそのお兄さんが、ひとりで出むかえてくれるのだが、なぜわたしがその家に足しげく通っていたのか、お兄さんの家族はいたのかは、まったく思い出せない。しかし、わたしが引っこしでその土地をはなれるまで、お兄さんの家には、変わらず通っていたように思う。

ある日のこと。

いつものように遊びに行くと、お兄さんが一枚のレコードをたなから取り出し、プレーヤーにセットした。

ていねいな手つきで、ゆっくりとレコードの盤面に針を降ろしていく。

じきに聞こえてきたのは、ひとりの女性が口ずさむ、歌詞のない〝スキャット〟だった。

ル～ルルル～♪　ラ～ララ～♪　ル～ルルル～♪　ラ～ララ～♪

そんな感じの歌声が、部屋の中を幻想的な雰囲気に変えていく。それからどれくらい、その旋律を聴いていただろうか……。

突然、レコードの針が〝プツッ！〟と飛んだ。

と、次の瞬間！

「うわっ！　早くこいっ!!」

お兄さんは、そうさけぶが早いか、わたしのうでをつかむと、すごい勢いで屋外へとかけ出した。

はだしのまま、リビングの窓から庭に飛び出す。すると、お兄さんは両手で自分の耳をふさいですわりこんだ。そのとたん！

「ぎゃあああああああああああああああっ!!」

いま我々がいた部屋の中から、強烈な女の悲鳴がひびきわたった。

「よし、もうだいじょうぶだ。部屋にもどろう」

あっけにとられて立ちつくすわたしに、平常心を取りもどしたお兄さんがいった。

あれはいったいなんだったのだろうか？

化粧鏡

小学二年生のころ、当時の我が家は、夕方になると母がお店を開けに行くため、わたしひとりで、朝まで留守番をするのが習わしとなっていた。

そんなある日のこと。

朝起きてみると、母が使う三面鏡のまえに、見慣れぬ化粧鏡が置かれていることに気づいた。鏡の部分が裏表に回転する造りで、表が通常の鏡、裏が拡大鏡になっている。

なんでも知りたがるわたしは、当然ながら「これどうしたの？」とたずねたが、母からの答えは「もらってきたのよ」のひとことだけ。

おおよそ自分には無関係のもの、しかも男の子にとって興味もない〝鏡〟のことであり、そこはすんなりと流して終わることにした。

その晩のことだった。

キュイキュイ……キュイキュイキュイキュイ……キュイキュイィィィ

ねいりばな、部屋の中にひびく、聞いたこともない音にわたしは目を覚ました。

わたしは幼いころから、明るい部屋ではねつくことができず、いつも豆電球だけを灯して布団に入る。

そのうす暗い部屋の中でひびく、この音は気持ち悪すぎる。

（な、なにが鳴ってるんだろう？）

そう思いながら首を上げると、まるでわたしを見ているかのように、音もぴたっと止んでしまう。

昼間、方々をかけ回っているつかれもあり、なにもないことがわかり、わたしはことっとねむってしまった。子どもはそんなものだ。

あれほどこわかったのに、翌朝になると、恐怖の体験は〝夜中に変な音がした〟程度にしか覚えておらず、結果、それを母にいうこともなく時間が過ぎ、またひとりで留守番する夜がやってきた。

翌日も同じ、やはりねつこうとしたとたん、部屋の中でキュイキュイキュイキュイキュイ……そして、わたしが起き上がると音は止まった。

次の朝は、きちんとその〝恐怖〟を覚えていた。わたしは、このことを母に伝えた。

「裏のおじさんが、おそくに自転車で帰ってきたのよ」

しかし、母にはそう一蹴され、あえなく撃沈したわたしは、三日目の夜をむかえた。

（今夜もあの音、鳴るのかなぁ。やだなぁ……）

などと思いつつも、わたしはきちんと歯をみがき、いつも通りの時間に布団に入った。（いまにして思えば、なんていい子なのだろう……）

しかし、さすがにこの日は部屋を暗くしてねる決心がつかず、こうこうと蛍光灯を灯したまま、わたしは布団に入った。しばらくして、うとうとしかけると……。

キュイキュイッ……キュイ……キュイキュイキュイキュイ

さすがに三日目だ。

わたしははっとして目を覚ましたが、その日は身じろぎもせず、じっとしたままで目だけを動かしてみる。音の発生源をたどると、それは母の三面鏡の方から聞こえる。

（あっ!!）

思わず声が出そうになった。

母がもらってきたといっていたあの化粧鏡が、くるくると回っているのだ。

この日はいつもとちがい、わたしがこうして動いているいまも、目のまえでくるくると回り、鏡はその動きを止めようとはしなかった。

しかも、気がついた直後は、わたしから見て真横をむいていたはずの鏡が、回転する勢いを借りるようにしながら、じょじょにわたしの方に向きを変えている。

天井から下がる、蛍光灯の光をキラキラと反射させながら回る鏡。

その勢いがしだいに弱まり、やがてぴたりと動くのを止めた。

そこには、あっけにとられたままのわたしが映し出されている。

が、その真横には見たこともない、灰色の顔をした女性が映りこんでいた！

「え、うわああっ!!」

そうさけんでわたしは飛びのき、すぐにうしろを確認したが、そこにあやしい人影などあろうはずもない。

わたしは布団を飛び出すと、三面鏡のまえにある鏡をふせ、家中の明かりをつけたまま、母の帰りを待つことにした。しかしあの灰色の顔に、黄色く変色した目が頭からはなれず、ちょっとした物音にもびくびくしながら過ごす数時間は、まるで永遠にさえ感じられるほどだった。

午前一時を回ったころ、玄関のかぎが開く音がして、母が帰宅した。

「どうしてこんな時間まで起きてるの!? ちゃんと、ねてなきゃだめじゃないの！」

まだ起きているわたしを見て、母はおこり出した。

しかし、そこはわたしの想定内。その時間まで起きていた理由を伝えようと「あのね、鏡がね……」と、わたしはいいかけた。

「なにをいってるの!? いまなん時だと思ってるの？ いいから早くねなさい！」

またまたそう一蹴されて、ふたたびあえなく撃沈。でも母がもどったことで安心したわたしは、そのままねむりにつくことができた。

翌朝、いつも通りの時間に母に起こされ、ねむい目をこすりながら朝食をとっていると、母が落ち着いた面持ちでこういった。

「昨夜はどなってごめんね。あんな時間まで起きてるから、本当にびっくりしちゃった。それでね、あのとき……なにかいいかけたわよね？ 鏡がどうとかって……」

それを聞いたわたしは、昨夜見たものを話そうと口を開いた。

「そうなんだよ！ 鏡がね、くるくる回って……」

「鏡!? どの鏡のこと？」

「この間、お母さんが持ってきた、丸い鏡だよ！」

ここで母の顔色が変わったのを、わたしは見のがさなかった。
「そ、それでどうしたの？」
変なことが起こり出したのは、数日まえからであること、そして昨夜、最後には、黄色い目で灰色の顔の女の人が映ったこと……。それらを、矢つぎばやに話して聞かせた。
すると母はいきなり鏡台目がけて走り出した。
そしてあの鏡をつかむと、「やだーっ！」という声とともに、玄関目がけて投げつけたのだ。
わたしはなにがなんだかわからず、ただ呆然とその光景をながめていた。
直後は肩を落としてふるえていた母も、やがて平静を取りもどすと、作り笑いをうかべて、わたしを学校へ送り出した。
なんだか、釈然としない気持ちをかかえながら、わたしは登校した。
夕方になって帰宅してみると、玄関に見慣れないはきものがある。
家に上がると、そこには母のお店で働く女性がいて、母とふたり、なにやら難しい顔をして話しこんでいた。

それから十数年、わたしは二十歳くらいだったろうか。

母と当時の話をする機会があり、たまさかこの話題が出た。

「そう。やっぱりあなたは、それを覚えているのねぇ」

そういいながらも、母はわずかに眉をひそめて見せる。

続けてわたしは、あのとき見たそれが、まぎれもない真実であること、そして灰色の顔に黄色い目が忘れられないことを、話して聞かせた。

「そう。そうなのよね。灰色の顔に……黄色い目。あなたはあのときも、同じことをいっていた」

母はそういって一瞬まぶたを閉じ、静かな口調で次のような話を聞かせてくれた。

もともと家にはなかったはずの化粧鏡。それがいったい、どこからきたものなのか……。

あの当時、母の店に美鈴という名の女性がいた。

ある日、彼女から一週間の休暇の申し出があったという。理由を聞くと、実家の母親が入院するため、その身の回りの世話をせねばならないとのことで、わたしの母は快くそれを受け入

れた。

ところが一週間が過ぎ、十日たっても出勤してくる気配も、連絡もない。母は、美鈴といちばん仲の良かったかおりという女性に、美鈴の家を訪ねるよう依頼した。

「ある日の、お昼を少し回ったあたりだったかしらね。かおりちゃんが、あわてふためいて、電話をかけてきた。なんとか落ち着かせて事情を聞いてみると……」

美鈴は自室でガスの元栓をひねり、自殺していた。

時期が冬だったことと、暖房が入っていなかったことで、死後数日が経過しているにもかかわらず、腐敗は進んではいなかったという。しかし……。

母は続けた。

「あの次の日、あなたが帰ってきたときに、家にきていた子がいたでしょう？　彼女がかおりちゃんよ。あなたの話を聞いて、美鈴ちゃんの死に顔はどうだったか……って確認したのよ」

かおりが見た美鈴の死に顔……。

それはまさしく、あの日、わたしが鏡ごしに見た、灰色の顔、黄色く変色した目であったという。

「あの子は、入院したっていうお母さん以外、身寄りはなくてね。だから最後は、なん人かで部屋の片付(かたづ)けに行ったの。そのときに、形見分けとしてあの鏡を持ってきたのよ」

そういいながら母は、少しさびしそうな表情をうかべた。

細い手

四年ほどまえの夏、わたしはちょっといやな思いをした。

ある晩、こんな夢を見た。

友だち数人と、複合娯楽施設にいる。そこは昔でいうヘルスセンター、いまならスーパー銭湯とか温泉テーマパークなどと呼ばれるような場所。時間は昼間。

中にはレストランや喫茶店、飲み屋、そして一階には豪勢なプールがある。

建物全体が円を描くような造りになっており、我々の他にも、少なからず客がいたように感じる。

いろんな所を見て歩き、わたしたちは二階にある、一軒のバーに足をふみ入れた。

そこは全体にうす暗い照明と、南国調の装飾がほどこしてあり、まるでバリかバンコクにき

たような錯覚におちいる。

店内にいるスタッフも、東南アジア系の女性が目立っているようだ。

しばらくしてタバコが底をついていたことに気づき、レジに買いに行くと、そこにひとりの女性が立っている。

いつも吸っている銘柄を伝えると、その女性からなんだかわけのわからない、円盤状の物体を手わたされた。

それはずっしりと重く、金と銀を配した、いかにも〝小型ＵＦＯ〟といった感じの物体。金色にかがやく中央のつき出した円形部分に、なにやら文字が書かれている。目をこらしてみると、なんとそこには象形文字。なんだか損したような得したような、実に微妙な心持ちだった。

……と、ここまでは夢らしい夢。

ところがそこから先、その夢はおかしな展開を見せる。

いつしかわたしたちは店を出て、館内をふらふらと歩いており、一階のレストランの横をぬけて行った先にある、プールサイドに出た。

そんなに大きくはないが、確かにそれはプールである。
わたしは当初、なんのためらいもなく、それへ近づいたのだが、ひとたび水に入ったとたん、異様な雰囲気を感じた。
ふと見ると、いま自分が立っている所の先から、あきらかに水の色がちがっている。
（ああ、ここから先は深くなってるのだな……）
そう思いながらも、あえてわたしがそこに足をふみ入れたときだった！
（まずい！　ここはだめだ！　早くみんなのいる浅瀬へもどらなきゃ！）
なんともいい知れぬ恐怖感におそわれ、わたしは急いで浅瀬へもどろうとする。
足が届かない深みで、少しずつ水をかき分けて進む。
（……ん？　いま……水中でなにかにふれた？）
なににふれたのかと、わたしは周囲を手探りしてみる。
そしてつかんでしまったのだ。
それは手であった。それもか細い少女の手。なぜだかわからないが、わたしにはそれがわかった。

（えらいことだ！　水中に子どもがしずんでいる！）

とっさにそう思い、その手をつかんだまま浅瀬へと泳ぐのだが、ぜんぜんまえに進まない。

「おーい！　おーい!!」

いま起こっていることを知らせようと、みんなを呼ぶのだが、だれひとりとして、こちらに気づく者はいない。

「おーい！　だ、だれか……」

必死にもがいているうちに、しだいに息が苦しくなり、体の自由が利かなくなってくる。そして気づいた。

わたしが、はなすまいとつかんでいた、一本の細いうで。それがいつの間にか二本になっており、その両手がわたしのうでを、がっちりとつかんでいる！

「うわあああああああっ!!」

……と、ここで目が覚めた。

部屋の時計を見ると夜中の二時少しまえ。

（ああ、なんとも夢見が悪いなぁ）

そう思いながら、トイレに立った。

廊下の明かりをつけ、トイレのドアを開けるとき、ふと自分の右うでに違和感を覚え、立ち止まった。

わたしの手首には、がっちりとつかまれた手のあとが残されていた。

初めての話

これは、物心ついてから自身が体験した中で、わたしが覚えているいちばん古い話だと思う。なぜだか、いままでこの話を文字にしたことがなかった。

わたしが三歳のころのこと。

その日は朝から母と鎌倉へ出向き、親戚の家の法事に参加していた。

広い墓所の一角に、青みがかった自然石を墓碑にした大きな墓があった。

本来は、この手の自然石を墓に使うのは、よろしくないとされている。（その話はまた別の機会にしよう）

親戚全員で墓前に向かい、僧侶の読経に耳をかたむける。

しかしわたしたちはというと、子どもには無縁とばかりに、いとこたちと、寺の中で壮大な

鬼ごっこに興じていた。

「たおれると大変だからな。絶対にお墓に登ったりするなよ」

おじたちからそう厳しくいわれていたが、お寺が広いのをいいことに、ここぞとばかりに走り回っていた。

ひとりの子に追い立てられ、大人たちが黙禱する場にもどってきたときだった。

ふと墓碑を見上げると、大きな墓石のうしろから、ひとりのおじいさんが顔をのぞかせているのが見て取れた。

おじいさんは、つるつるの頭に長く白い口ひげ。きらきらとかがやいて見える白い着物をまとっている。そしてあごのひげをさわり、子どもたちが走り回る姿を「うん、うん」とうなずきながら、にこにことほほえんで見回していた。

「お母さん！　あのじいちゃん、なんであんなとこにいるの？　お墓に登っちゃだめなんだよね？」

それを見たわたしは、母にかけ寄って大声で伝えた。

「やっとつかまえた！　あんたはちょっとうるさすぎるの！　ここでじっとしてなさい！」

母に首根っこをがっちりとおさえられ、まんまと捕獲されて、そのまま撃沈した。

その晩のことだ。

親戚の家で、法事のお清めに、大がかりな宴会の席が設けられた。

縁側をすべて開放し、部屋中のふすまを取りはらって、たたみの間が大広間となっている。

ときおりブンブンと羽音をさせながら、カナブンが飛来し、部屋の明かりには大きなスズメガが集っていた。

大人たちが下手な歌に酔っているころ、子どもたちは、相も変わらず鬼ごっこで、家中をかけ回っていた。

「おい、ちょっとぉ、こっちゃこい」

そんな折、ひとりのおじがわたしを呼び止めた。

なにごとかと行ってみると、ちょこんとわたしをひざの上にのせ、卓の上にある卵焼きを食べさせてくれた。

それからわたしの顔をじっと見て、こんなことをいい出した。

「あのな、ちょっと教えておくれ。今朝のお墓でな、じいちゃん……がどうとかいってたな？どこかに……じいちゃんがいたのか？」

おじからいわれるまで、とっくにそんなことは忘れていたわたしだったが、おじが発した〝じいちゃん〟という言葉を聞き、一気に記憶が巻きもどる。

「うんうんうんっ！　じいちゃん、いたんだよっ！」

「そうか。どこにいた？」

そこでわたしは、みんなが拝んでいる墓碑のうしろで見たこと、白い着物であったことなどを伝えた。

「うん、そうか。この中の、どのじいちゃんだかわかるか？」

そういいながら、おじは鴨居のあたりを指さした。

「そこにある写真はな、みーんなこの家の当主なんだぞ」

そこには〝じいちゃん〟たちの写真を入れた額が、ずらりと並んでいた。

いちばん左から見て歩く。全体が灰色に変色し、ちょんまげのような髪をした人物の写真から始まり、軍服を着たセピア色の人をへて、しだいにカラーに変わっていくのがわかる。その

ままずっと右へと見ていくと……。

「あっ！　あのじいちゃんだ!!」

それはいちばん右にあった、真新しい額に納(おさ)められた一枚(まい)の写真。

その顔はにこにことほほえみ、まさしく、あのお墓の裏(うら)から見ていたじいちゃんそのものだった。

するとそのおじはほろりと涙(なみだ)をこぼし、わたしをぎゅっとだきしめてこういった。

「そうか。父さんきてたのか……。いいか、まさみ。今日はな、あのじいちゃんの新盆(にいぼん)なんだ……」

いまもあせぬ思い出だ。

はなれ

これは沖縄在住の女性に聞いた、不思議な話。

いまから三年ほどまえ、その女性は、それまで住んでいた集合住宅から、実家の近くにある一軒家に一家で引っこしをした。

そこは、大家さんの家の敷地内に建てられた、別棟の〝はなれ〟だった。

庭はもちろん大家さんのものだが、はなれからのぞめるし、部屋も広く使い勝手のいい、住みやすそうな家だ。

しかもその大家さんは、彼女の遠い親戚にあたる人だということが、借りたあとからわかったのだという。

ところが、その大家さんのことを彼女が親に聞いてみると、その大家さんとは以前、親戚数

所帯を巻きこむもめごとがあり、現在は絶縁状態にあるということが判明。
彼女自身も、「どうしてそんな場所に引っこしたのか」などと、親族にいろいろいわれたそうだ。

そのはなれに住むようになって、ちょくちょく不可思議なことは起こるものの、最初のうちは特に気にせず過ごしていた。
ところが、突然子どもが入院するようなことが起こり、直後に彼女は流産。
その二週間後には、彼女が車で走っているときに追突を受け、後遺症で指が麻痺する事態におちいった。だんなさんも車上あらしにあったり……と、よくないことが立て続けに起こるようになった。

ある日彼女は、縁あって沖縄の霊能者＝ユタの力をもつ人物と出会う。
そのユタは、彼女の顔を見るなり、こんなことをいい出した。
「あんた、ちょっと苦労しすぎ。悪いけど、少し家、見せてくれない？」

外から見るだけでかまわないとまでいうユタを、むげに断ることもできず、彼女は予定をすり合わせて家に招くことにした。

「うーん、あんたは因縁でここの家に呼ばれてるよ。この家は、財産に関わるものを、相当なにかで失ってるね、そして親戚間でだいぶもめてるよ。そのうらみつらみが、あんたにおし付けられようとしてる。

しかも、拝所がすぐ近くにあるね。そこは本来神さまの住む所だから、人は住めないよ。周りの家も、同じような不幸なことが多く起きてない？」

ざっとはなれを見ただけで、ユタは彼女にそう告げた。

大家さんや親戚に関する話を、ユタにはいっさいしていなかったので、これには心底おどろいたという。

そういわれて考えてみると、近所にはうろうろと徘徊する人、ひんぱんにガラスの割れる音や、どなり声の上がる家などが多いことに気づく。

「早く引っこししないと、幸せになれないよ」

ユタにそういわれ、まずは線香や、あの世のお金として供養で使う〝ウチカビ〟を燃やしてみたが、火をつけるとすぐに青い炎となり、燃えつきることはなかった。

「うーん、いやがって受け取ってくれないね。ふつうはめらめらと燃えていくのに、まったく燃え上がらない。これは相当な『念』だね」

それを見たユタは、ため息をもらしながらそういった。

それから、彼女はユタといっしょに、なん箇所かの拝所を回り「この先悪いことが起こらず、すべていい方向に向かいますように」と神さまにお願いした。

すると、その中のあるお寺で、お祈りしている最中、彼女の左上にまぶしい光の玉がまい降りてきた。

「神さま降りてきたね」

ユタのひとことに、あれが神さまなのかと、彼女は心底おどろいた。

それから二か月後、実家の近所にいい物件が見つかり、彼女は無事にそこへ引っこすことが

できた。

彼女はいまもそこに住んでいるが、その後はなにひとつ、悪いことは起きていないという。

見てはいけない本

読んでいるうちに、背後になんらかの気配が……。

そんなことを感じさせる怪談本。いまでは、なかなかめぐり会うことがないが、昔は、その内容自体ではなく、本全体から一種の〝気〟といおうか、まるで毒気にも似たすごみを感じる秀作があった。

さかのぼること数年まえ、関西在住のある友人から、一冊のうす手の本を手わたされた。

著者はすでに亡くなっていて、その冊子自体もさまざまな因縁を帯びた、大変古いものだと教えられた。

大きさはA4サイズくらい、浅黄色の表紙には、小さな火の玉がひとつ描かれており、タイトルはない。

一センチほどの厚さの中身は、まるでタイプライターで打ったように、紙面をさわれば凹凸が感じられそうな文字。開いた一ページめの〝とびら〟には、たしか『霊異』とだけあった気がする。

話の内容は、おおよそこんな感じであったように記憶しているが、正直いって定かではない。

ひとりの男が、故郷である信州にお盆を機に里帰りする。生家は大きく、その昔は庄屋として栄えていた。

その村には幼なじみも多く住んでいるが、だれひとりとして、男の家に寄り付こうとしない。それもそのはず、男の家は周辺から、たたりのある家としていみきらわれていたからだ。

ある祭りの晩、村はずれにある鎮守の森で、男はたまたま、首をつった自殺体を発見してしまい、それがのちに自分の遠縁にあたる者だと知る。

そこからさまざまな怪異に見まわれた……はずなのだが、どうやっても、そこから先を思い出すことができない。おそらく、最後まで読むことができなかったのだろう。

それはなぜか……？

幽霊が現れるのだ。

読み進めていると、部屋中でパキッ！　バシッ！　とラップ音が鳴り出し、そのうちに犬がほえ出して、感知式であるはずの玄関の明かりが明滅しだす。

翌日そのあたりを見てみると、家族のものでは絶対にない、長い髪の毛が一面に落ちている。

それが原因で、当時住んでいた事務所兼住居を引きはらったこともあるのだ。

ところが、その本の話を聞いたある友人が、ばかなことをいい出した。

「どうしても読んでみたい」

「いいことがないからやめろ！」

わたしは強く主張したが、友人は一向に聞かず、なかばむりやりに、その本を持って行ってしまった。

そのすぐあとだった。

彼は家族を残し、事業を放棄して行方不明に……。

失踪するまえの彼のようすを家人に聞いてみると、うちから持って行った本を、昼ともなく夜ともなく、かたときもはなさず持ち歩いて、読みふけっていたという。

そして友人はふだん着のまま、その本とともに家を出て、そのまま帰ってこなくなった……。

それから約十年。彼とは、いまだ連絡が取れない。

古着屋

八年ほどまえ、たまたまある飲み屋で知り合った男が、都内で古着屋を始めた。
その男は母親の両親がアメリカ人とイタリア人、父親の両親が日本人とドイツ人という、大変ややこしい生い立ちを持つ人物で、日本にくるまえは、長くアメリカに住んでいた。
わたしと知り合ってからは、車の趣味で意気投合し、彼とはいまでも公私ともに仲良くしている。

古着屋オープンの日。
軽いレセプションをもよおすというので、わたしはフラワースタンドをおくり、お祝いに出向いた。
店に到着してみて、わたしは店のおくの方に、なにかおかしな〝気〟が停滞する一角がある

のに気づいた。

おそるおそるのぞきに行くと、その一帯にはオリーブカラーの商品ばかりが置かれている。見ると、どれもこれも、アメリカ軍からのはらい下げ品のようだった。

（ああ、この手のものは、あつかいづらいんだよなぁ……）

それらのものを見たわたしは、そう直感した。

はらい下げ品であるわけだから、基本的にそれらは、新品であろうはずはない。

つまり最低でも一回は、〝軍人〟が着用していることになる。しかもアメリカ軍となると、近々では中東で起こった紛争鎮圧、少しさかのぼれば、ベトナム戦争で使用されたことが想像できる。

いわば、人の生き死にの場にいあわせたアイテム。それらに、どれほどの〝思い〟がこり固まっているのか……考えるだにおそろしい。

レセプションから数日後。

古着屋の彼から電話が入った。

「客足が途絶えて、だれも店にいなくなったとたん、店のおくから、異様な音が聞こえるんだ」

わたしは、くわしくどんな音がするのか聞いた。

「あれは、オートマチック拳銃のスライドを引く音に、ちがいないと思う……」

それだけで、ただごとでないことが想像できて、わたしは思わず身ぶるいした。

開店の日にいやな〝気〟を感じたことは確かだったし、置いてあるものがものだけに、なにがあってもおかしくはないなとは思っていた。

しかし、その時点で、わたしには、それをどうにかするすべはなかった。

さらに数日後、また彼から電話がかかってきた。ひどくあわてたようすだ。

「店の上に住む住人が、突然どなりこんできた！　なにかと思って聞いてみると、『夜中に大音響で映画なんか観るな！』って……」

マシンガンの音にまじり、なん人もの男たちが発するさけび声。怒号。そして悲鳴……。上階の住民の話では、古着屋が閉まっている夜中に、そうした音がはっきり、しかも大音量で聞こえてくるという。

わたしは、初日に感じたことを正直に彼に話し、すべての原因は、おくに置かれたアメリカ軍のはらい下げ品であろうと伝えた。

彼は即日、仲間の古着屋に買い取りを依頼したそうだ。

そのはらい下げ品を置いていた、たなごと撤去したとたん、それらはいっさい起こらなくなったという。

こわい話

わたしは自分でデザインしたシルバーリングを、プロに依頼して形にすることを趣味としている。

いまから十年近くまえのことだ。

自宅から、ちょっと行った所に、シルバーの専門店があり、当時はそこによく依頼して、いろいろとわたしのわがままを聞いてもらっていた。

そこの女主人というのが、実に手先の器用な人で、わたしの持ちこむめんどうな依頼を、いやな顔せず、しかもわたしのイメージと寸分たがわず、再現してくれる。

わたしはことあるごとに、いろんな相談をするようになり、当然、かなりの数の依頼も出していた。

そんなある日、自分のオフィスへ向かうため、ガレージへ行くと、タイヤのあたりに、なにかきらりと光るものが目に入った。

近くで見るとそれは、なんと一本のくぎ！　それも通常のものより、長く太い〝かわらくぎ〟だ。

車の進行方向側から、タイヤにななめに立てかけられている。

まさかと思って確認すると、すべてのタイヤにしっかりとそれがセットされていた。

おどろいたわたしは、すぐに一一〇番に通報し、ことのしだいを伝えた。

「なにか、他人にうらまれるような覚えは？」

そう聞かれても、子どものころにした、ある〝いたずら〟以来、なるべく他人のうらみは買わないように心がけているので、これといって思い当たるふしはなかった。

ところがその後も、いくどとなくタイヤの下にくぎが置かれ、いつしか、だれの車であっても、乗りこむまえにはタイヤを確認する、というくせが付いてしまったほどだった。

なんだかそのうち、おぞましい悪霊にでも取りつかれている気になり、自分自身でも気づか

ないうちに、真剣な顔をして思いなやむことが増えていった。
そんなわたしを見かねてか、友人の峯田から一本の電話が入った。
「おいおい元気出せ！　なんだか最近、生気がないぞ。長野にいい所があるから、今週末、みんなで行こうよ」
友だちとは実にいいものだ。

向かった先は、長野県白馬にある一軒のペンション。
周囲は深い緑に囲まれ、すぐ近くには、源泉かけ流し温泉の露天風呂もある。
そこへ通じる道のそこかしこには、図鑑でしか見ることのないような虫たちが歩き回り、朝露にぬれてきらきらとかがやくそれは、まるで〝歩く宝石〟のようだった。
二泊三日の予定も最終日となり、その日はチェックアウトしてから、帰りがけに黒部ダムへ寄ることになっていた。
わたしが荷物をまとめていると、峯田が部屋へやってきて、真剣な面持ちで、こんなことを

いい出した。
「おまえさ、ここへくること……だれかにいったのか？」
「いや、特にだれにもいってないが……なんで？」
「実はな……」
一瞬なにかをためらうかのようにして、峯田は口を開いた。

その内容は、にわかには信じ難いものだった。
昨晩は、一階のリビングでみんなとおそくまで談笑し、そろそろねようかと、それぞれの部屋にもどったのが午前二時。それから一時間もたったころ、峯田の部屋に備え付けの電話が鳴ったという。
「ものすごく陰鬱な女の声で『中村さんの部屋はなん号室でしょう』というんだ。だからおれは『あんただれ？』と聞いたんだが、とたんに、ぷっつりと切られてしまった」
耳を疑ったのはここからだ。
峯田が続けた。

「それをおまえに教えようとも考えたんだが、またいやな思いをさせちゃ悪いと思って、だまってた。

だがな中村。今朝になって、ここのオーナーにそのことを伝えると、おどろくべきことが判明したんだ。

あの電話は……外部とつながってない」

ということは、峯田に電話をかけてきた女は、この建物の中にいたことになる。

だがオーナーは、昨晩も厳重にかぎをかけてからねたので、外部からの侵入は、絶対にないというのだ。

気味悪さと、いい知れぬ不安感とがまざり合い、わたしはなんともいえぬ、うすら寒さを覚えた。

「予定よりいくぶん早いが、とにかくいまはここを出よう」

峯田にそううながされ、みんながそれぞれ自分の荷物をまとめ、各々の車に積みこむ。わたしもルートを確認しあったあと、自分の車へと向かった。

ところが……。

それを見たとたん、「うわっ!!」とさけんで、わたしは持っていた荷物をその場に落としてしまった。

タイヤの下に、あの〝くぎ〟がしかけられている。いつもと同じ、あの〝かわらくぎ〟だ。

わたしのようすをうしろから見ていた峯田が、みんなの方に向き直ってこうさけんだ。

「おい、だれだよ！　悪質なじょうだんはよせっ!!　おまえら、中村の気持ち考えたことあんのか！」

ちがう……。これは、仲間のいたずらなんかじゃない。

それはくぎを見た瞬間、わたしにはすぐに察しが付いた。

だれだかわからないその人物は、ここに、この長野にきているのだ。

いい知れぬ恐怖がわき上がり、その日はどこへも寄らずに、わたしはまっすぐに帰宅することにした。

それから数日はなにごともなかった。

のどもと過ぎれば……とはよくいったもので、わたしは、白馬の一件も、もしかしたら、仲間のいたずらだったのかもしれないなどと思い始めていた。

その日は、注文していた車のパーツが届くこともあり、わたしは仕事を早めに切り上げて帰宅した。

部屋に入ると、留守電のランプがちかちか点滅している。

再生ボタンをおすと、いつもお願いしている、シルバー細工の店からだった。

「ご注文のターコイズが、本日入荷いたしました。お時間がおありのときにでも、ご来店ください」

聞きなれた、いつも通りのていねいな口調が耳に心地いい。

その直後に届いた車のパーツを受け取ると、わたしは、さっそく留守電の主を訪ねることにした。

「留守電ありがとう。さっそくきてみました」

いつも通り、店主の静かな笑顔と、おだやかな口調が出むかえる。

「このたび入荷した石は、この十五点なんですが、わたしはやはりこれと……この石などがおすすめです」

彼女の博識ぶりに感服しつつ、結局わたしは、そのすべてを買ってしまった。

カウンターで商品を受け取り、クレジットカードのレシートにサインをしていたわたしに、彼女はなにげなく問いかけてきた。

「白馬はすずしかったですか？」

「ええ、そうですね。やっぱり朝夕は風が……」

そういいかけて、わたしは、はたと手を止めた。

（なぜ？　なぜ彼女はそれを？　なぜわたしが白馬へ行ったことを知っているんだ!?）

彼女を見ると、動きを止め、上目遣いのまま、じっとわたしを凝視している。

そして、いっさい表情を変えぬまま、口だけ〝にんまり〟と動かした。

「あたし……なんでも見えるんです。子どものころからそう。なんでもわかっちゃうの。気持ちだけを、そこに飛ばすこともできるのよ。

くぎはね……くぎは、愛のしるし……よ。うふふふふふふ」

かわいそうだとは思ったが、その後、警察に通報し、その日のうちに、彼女は逮捕された。

民宿

ある浜辺の近くに建つ、一軒のひなびた民宿。

夏ともなれば、他のホテルや旅館からあふれた観光客が訪れるのだが、シーズンが過ぎるころには、人の出入りが極端にとぼしくなる。

観光シーズンも終わった、ある年の秋口。

わたしは、旅行オタクの女友だちの薫にさそわれ、とはいえ、なかばむりやりにこの地を訪れていた。

とはいうものの、「魚料理がめちゃくちゃすばらしい！」というポイントに、つられたこともいなめない。

カーナビで目指す宿を検索する。〝名称検索〟では出てこず、住所検索に切りかえ、ちまちまと住所を入力していく。

「旅館じゃなくて、民宿なの？」

入力しながら、わたしは薫に聞いた。

「そういったじゃん」

「あ、はい、そうですね」

車中には、いつもながらの〝楽しい〟会話があふれている。

都内から高速道路を使って二時間あまり、ナビはあるインターを下りるよう告げている。下道に移動して、小さな市街地をぬけ、車はしだいに曲がりくねった海岸線へ出た。

「いまの時間に着いても、食べるものは出ないから、とちゅうでどこかに寄ってすませていこう」

薫にそういわれて、わたしは、先ほどから腹の虫が鳴き始めていることに気づく。

ほどなく現れた〝食堂〟で軽い昼食をとり、ふたたび宿を目指して走り出す。

「いまから行く民宿ね。あたしが波乗りやってたころによく使ったのよ」

薫がいった。
「ああ、そういやおまえ、もともとプロだったよな」
「プロといっても、スポンサーから出るお金なんてほんのわずかだから、なるべく宿泊費なんかをおさえようってことでね。それであの民宿にたどり着いたんだけど……」
「だけど？」
「……」
「だまるなっ！」
「だって」
「だってじゃねぇ！　このタイミングで、おかしな沈黙はやめんかっ！」
「いまここでいったら、絶対おこるじゃん」
薫の返答を聞き、わたしは左側の路側帯に、いったん車を停めた。
「なんだよ、その『おこるじゃん』って!?」
わたしがにらみつけると、薫はようやく口を割った。
聞けば、民宿の主人は怪談がことのほか好きで、宿泊客には、かならず近隣で起こった怪異

を聞かせるのが、唯一無二の〝趣味〟だというのだ。そのうえ、その話というのが、異様なほどつまらなく、ばかばかしいのだと彼女はいう。

しかも、つかれと眠気に勝てず、客がうつらうつらしようものなら「人の話は最後まで聞け」とおこり出す始末……。

「なんでそんな所に、おれを連れていくんだよっ！」

わたしは当然の質問をした。

「だってお魚、おいしいんだも～ん」

「そんなかわいくいっても、だめだめ！」

薫はそこそこの美人。しかし人見知りが、はんぱではない上に、こんな調子なので、ういた話がまったくない。

わたしは代わりの宿を探そうか……とも思ったが、その主人の〝怪談好き〟という部分に、若干興味もあり、結局そのまま目的地を目指すことにした。

「あ、そこの手おし信号んとこ、左折ね」

ほどなくして民宿に到着した。
思っていたより清潔感があり、雰囲気も明るい。
「おれが怪談ライブとかやっててってことは、ぜえったい、いうんじゃないぞ！」
「な、なんでよ～!?」
「なんでじゃねえ！　いろいろめんどうなのは困るから、たのむからだまっといてくれ。いいな？」
「あたしたちしか泊まり客はいないんだから、別にいいじゃ……」
そこへ愛想のいいおくさんが、中から出てきた。
「あらあら薫ちゃん！　ようこそ～」
「お世話になります」
部屋はいつもの二階をとってあるから……といわれ、車から荷物を降ろして、ひとまず部屋へと向かった。
「んあ――――――」
大きくのびをして、置かれたざぶとんをたたんで、その上に頭をのせ、わたしはそのままね

ころんだ。

どのくらい時間がたったのだろう。

目が覚めると、周囲はすでに真っ暗になっている。

テーブルに置いたタバコとライターをつかむと、わたしは部屋を出た。

エプロンをした女性を見つけたので、「食堂は？」と聞いてみる。

「階段下りて左手です」

そっけない返事だった。

ガラゴロと鳴るガラス引き戸を開けると、すでに薫は夕食を終え、宿の主人とコップ酒をやっている。

「いや、おくさんを、ちょいとお借りしてました」

（おくさんじゃねえし……）

出されたお膳を平らげ、お茶をすすっていると、主人が声をかけてきた。

「実はね、だんなさん」

（だんなさんじゃねえし……）

「このへんには、いろいろ、みょうなうわさがありましてね……」
どうやら始まったらしい。
「身の毛もよだつ、こわ～い話があるんですよ」
〝プロ〟のわたしからすると、自ら〝身の毛もよだつ〟というなと心底思う。
「それってぇのがですね、漁に出てそのまま海難事故にあったってぇ、男のことでしてね……」
わたしはとりあえず、だまって聞いてみることにした。
主人が続ける。
「その男が遭難した日になるとね、ここいら一帯を、徘徊して歩くってんですよ」
なんとも旧態依然とした話だ。
「その男が没した日ってぇのが……実は今日でしてね」
主人はそういい終わるやいなや、わたしのうしろを指さして……。
「ほらほらそこーっ！　……!!」
その表情と声におどろいたわたしたちは、思わず背後をふり返った。

そこにあった窓から……腐った顔がのぞいていた。

「えええええええええええ～!!」

思わずわたしの口から出た悲鳴。ほとんど芸人の漫才のようなやりとりが展開された。

こんなこと、本当にあるのだ。

原状回復工事

友人Mの仕事は、賃貸物件の原状回復工事である。

原状回復工事というのは、賃貸物件で退去者が出たあと、次の入居者が決まるまでに、室内を元どおりにするというもの。

これは、部屋を単にきれいな状態にするという単純なものではなく、工事の目的は、以前の入居者の生活感を丸ごと消すということにある。

目に付くよごれた部分の清掃など、ごくあたりまえの作業もふくまれるが、いちばん重要なのは〝においそのもの〟を消すということだ。

単純にタバコのにおいや芳香剤の香りが、残らないようにするということではない。

人がそこで生活していたという痕跡、つまり〝生活感〟を完全に消し去るのである。これは思いのほか大変だ。

その日の現場は、高いビルにはさまれた、ある賃貸物件。
昼間でも敷地全体がうす暗く、陰湿な雰囲気のするアパートで、全部で六部屋という、ごくごく小さな建物だった。
Mは敷地内の駐車場に車を停め、道具一式を降ろすため、車のうしろへ回りこんだ。そこへは、以前にもなんどか訪れたことがあった。
くるたびに空気がしめっぽいと思っていたが、その日はいつも以上に空気に重みを感じたのだという。

道具を車から降ろしていると、背後になにやら圧迫感をともなった気配を感じ、とっさにふり返るが、そこにはだれもおらず、あれたアスファルトがあるだけ。
釈然としない気持ちのまま、Mは車にかぎをかけた。
コンクリートのせまい通路をぬけ、いちばんおくに位置する、指定された部屋へと向かう。
その通路は、駐車場よりさらにうす暗く、所々こけがうっすら生えている。

与えられたかぎを使って、ドアを開ける。と同時に、〝生活感〟のするにおいが、ふっと流れ出た。

（まだだれかが、その空間に存在している！）

そう感じるほどのものだったとMは話した。

Mは思わずドアを閉じ、部屋の号数を確認した。依頼された部屋をまちがえたのかと思ったからだ。が、そこにまちがいはなかった。

再度玄関ドアを開け、一歩部屋に入ったとたん、Mが先ほどは直感的に思ったことが、現実に変わった。

（この部屋には……確かにだれかいる……）

しかしそんな感覚的なことを理由に、うけ負った工事をキャンセルするわけにはいかない。Mは気を取り直して、作業にとりかかることにした。

間取りは1DK。玄関を開けると、すぐダイニングになっており、入って右側にキッチンがある。そのおくに、すりガラスの引き戸があり、リビングとおくの部屋がへだてられている。

その日の仕事内容は、キッチン収納部分の補修。

キッチンにひざをつき、Mは流し台の下にある収納庫のとびらを開けた。すりガラスの引き戸は、キッチンの横手にあるが、リビングの照明がすでにはずされてあるため、ガラスの向こうは真っ暗だった。

Mはなんともいえない、ざわついた気持ちのまま作業にかかるが、正直なところ、一秒でも早くここを去りたい気持ちでいっぱいだった。

収納庫に、頭をつっこんだ状態で作業をすると、当然ながら出ている体の部分は、かなり無防備な状態になる。その無防備さからくる、恐怖感というのも、実にたえ難いものがあった。

作業開始から、五分くらい経過したころだろうか。

すぐ自分の左どなりにあるすりガラスが、カサカサと鳴った。その瞬間、Mの全身はこおり

つき、動くことができなくなった。
すりガラスの表面に髪の毛を当て、こすっているようなイメージ……。Mはその音をたとえてそういった。
それでも仕事というのは残酷なもの。たとえそこになにがあろうとも、最後まで完了させなくてはならない。それが社会のルールだ。
それ以後も、作業中に例の音はたびたび聞こえたが、不思議と作業に集中していると、恐怖感はうすれ、その日の目的だった補修内容もクリア。
安堵のため息をつきながら、使った道具をまとめて、収納庫から、頭を引きぬこうとした瞬間だった。

カサカサ、カサカサ……

ふたたび、あの音が聞こえた。しかもあきらかに、先ほどより音が大きくなっている。どうすればいいか必死で考えるが、答えが出ない。

頭を引きぬいて、その音の正体をつき止めようとも考えたが、あまりの恐怖で体がいうことを聞かない。

とにかくここを立ち去ろうと思うが、音がしている間は動きたくなかった。ふるえる手で道具をにぎりしめ、いつでも退散できる態勢で、そのままじっとたえるしかない。

すると、鳴っていた音がぴたりと止んだ。

（いましかない、音のしていた方を見ないようにして、早々にここを立ち去ろう……）

そう心に決めて、Mは行動に移した。

しかし、人間とは悲しい生きもので、見てはいけないと思えば思うほど、そちらを見てしまう、〝こわいもの見たさ〟という感情があるのだ。

Mは収納庫から頭を引きぬき、そのとびらを閉めた。

その瞬間、いままで収納庫のとびらにかくされていたすりガラスが視界に入り、反射的にそちらを見てしまった。

すりガラスの下の部分、つまりそのときの自分の目線の高さにそれは現れた。
すりガラスごしなので、細かい表情はわからない。
ただ、ぽっかり口を開けた男……ということだけは、はっきりとわかる。
それは身動きひとつせず、ガラスの向こうから、こちらをじっと見つめている。
周りが暗いため、顔以外はよく見えないが、こちらからの光があたる部分だけ、うき上がるかのように、青白くすけて見えているのだ。
すると突然となりの部屋の方から、声とも音ともつかない、異様なものが聞こえてきた。

ギギィィ～キキキィィィ～

まるで子ブタが発するような声……。
それを聞いたとたん、恐怖のあまり声も出せず、立つこともできないまま、Mは、はいずるようにして部屋の外へと転げ出た。
すぐにドアを閉め、車にもどると道具を投げ入れ、その場をにげるように立ち去った。

その数日後、Mはどうしても、そのときのできごとを、自分の中で処理も理解もできず、思い切って不動産屋の担当者に、問い合わせてみることにした。

しかし、担当者は「う～ん」とうなるだけで、どうにも話したくないようすでいる。

電話ごしにそれを感じて、それ以上、追及するのもなんだか気の毒になり、Mが「むりにとはいわな……」と、いいかけたときだった。

「いや、これからのこともあるので、直接今日お会いできますか？　電話では、なかなかお伝えしづらい性質のものですので」

と逆に、担当者から提案がなされた。

数時間後、その不動産屋に出向いたMに、担当者が語ったのは、こんな話だった。

かつてその部屋には、ひとりの中年男性が住んでいた。

男性は、精神的に不安定な傾向があり、入居中もトイレの便器を割ってしまうなど、数々の問題を起こしていた。

そのうち、それまではきちんと行われていた、家賃のふりこみがとどこおった。
当人と連絡がつかない状態が続いていたある日、その部屋の隣人から電話が入った。
「となりの玄関ドアの下から、血のようなものが流れ出している」
不動産屋の担当者が、アパートのオーナー立ち会いのもと、部屋を訪れ、チャイムを鳴らすが、まったく反応がない。
開錠して中へ入ると、リビングに変わり果てた男性の姿があったという。

そこまでは、なんとなく想像できていて、Mはさほどおどろきもしなかった。こういう事例は、以前にも経験していたからだ。
ただ、こうして話を聞いても、Mの中にはまだ、解消されない疑問があった。
それは、隣人の話にあった〝ドアから流れ出るほどの大量の血〟。そして、Mが確かに現場で聞いたあの声だ。
「差しつかえなかったら、その男性が、どうやって亡くなっていたか、教えていただけないですか？」

Mは意を決して、担当者に切りこんでみた。

あとから思えば、そこは聞くべきではなかったかもしれない。だが、そこを聞かないことには、どうにも納得がいかなかった。

「実はですね……」

そういうと、担当者は一瞬沈黙し、生つばをのみこんだ。

その男性は、カッターナイフで、自らののど元を切りさいていたのだという。

その傷は深く、動脈はもちろん、声帯にまでたっしていた。

Mは、あの声がなんであるかを理解した。

なにかを伝えたくて声を発するも、のど元を切りさいているため、そこから空気がもれ、子ブタの鳴き声のような〝音〟が出ていたのだ。

Mが施工に訪れたその日は、まだ四十九日も過ぎておらず、おそらく男性は、そのいちばん辛い状況を、そこでくり返していたのだろう。

それほど壮絶（そうぜつ）な末路を選んでしまうからには、本人にしかわからない、それなりの理由があったのだろう。

しかし、男性がMになにを伝えたかったのかは、永遠に謎（なぞ）である。

花束

わたしがまだ十六歳のころ。

中型二輪の免許を取ったわたしは、毎晩のように仲間たちと遊びまわり、毎朝ねむい目をこすりながら学校へ通っていた。

仲間と向かう先はたいてい、海岸通り。

当時はまだ軒数も少なかったコンビニの駐車場にオートバイを停めては、くだらない話に花を咲かせる。ただそんなことが、楽しい時代だった。

そんなある日のこと、仲間のひとりが思い立ったように、こんなことをいい出した。

「毎日こんなとこまできて、コンビニだけじゃつまんないな。たまにはどこかこう、楽しめる場所に行きたいと思わない？」

その意見にはみんな賛成だった。とはいえ、アルバイトで稼いだお金は、すべてガソリン代に消えてしまう。金のかかることはしたくない。

すると、仲間内でいちばん〝お調子者〟の杉田が口を開いた。

「おれの地元によぉ、めちゃくちゃおもしろい所があるぞ。でもあれだな……おまえらにはむりだろうな！」

そんな挑発するようなことをいわれて、みすみすだまっている連中ではない。

なぜむりだと思うのかを、それぞれが杉田に問いかける。中にはなかば、けんか腰になっている者もいた。

「わかったわかった、なら教えてやる。実はな、おれの家からほど近くに、ある湖があるんだよ。そこにかかる橋があるんだが、その橋からの飛び降り自殺があとを絶たなくてな。変なものが見えるとか、幽霊が出るとか、昔からいろんなうわさが絶えないんだ。

どうだ？　そんなとこ、おまえら、こわくて行けないだろ？」

そうまでいわれて引き下がったのでは男がすたるとばかりに、それぞれヘルメットをかぶり、杉田の先導のもと、その幽霊が出る橋を目指して走り出した。

しかし実をいうと、その話を聞いた時点で、わたしはみょうな胸さわぎを覚え、心の中では行きたくないと思っていたのも事実だ。

いまも昔も、わたしがこわがりであることは変わらない。

一団は、海沿いの国道から市街地をぬけ、しだいにさびしくなる風景を横目に、山間部へと突入した。そこから人気のない道をひた走り、やがて湖畔に面した道に出た。

「もうすぐだからよ！」

みんなの乗るバイクのエンジン音にかき消されながらも、杉田の張り上げる声が聞き取れた。

ほどなくして、我々の前方に広がる視界の右側に、ひとつの橋が見えてきた。

と、そのときだった。

「うわあっ!!　やばいやばいやばいっ!!」

二番手を走る石坂が、そうさけんだかと思うと、急ブレーキをかけた。

あわや、その後続すべてを巻きこむような、大事故になるところだった。

「なにしてんだおまえ！　危ないだろうが！」

いったんその場に停まった全員が、石坂を責めたてる。
しかし石坂はそれにはいっさい応えず、バイクを降りてフェンスごしに、例の橋の下あたりを見つめている。
その姿を見たとたん、わたしは、石坂はなにかを見たのだと直感した。
「なんだよ、早く行こうぜ！　ゴールはすぐそこだよ」
あわや大惨事になるところだった我々をしり目に、先を行っていた杉田がもどってきて、せっついた。
「石坂、とにかくいまは動こうぜ。どのみち、ここにいても始まらん」
そういって、わたしは石坂をうながしてバイクに乗せ、ふたたび我々は移動を開始した。
ものの五分も走っただろうか。
一行は、杉田のいう〝幽霊の出る橋〟にたどり着いた。
バイクを降りると、かぶっていたヘルメットを取り、杉田は先頭を切って、橋のたもとを目指して歩き出す。
一行は杉田のうしろを付いて行くのだが、わたしは先ほどの石坂の行動が気になってしかた

なかった。

「なにを見た？」

わたしはそっと石坂に近づき、ささやくように耳打ちした。

すると石坂は、はきすてるように、ひことだけ返してきた。

「いまは……いいたくない」

そして「あとでな」と付け加えた。

もともと寡黙な男だったが、それでも、このときばかりはそのままにしておけない感じがしていた。なにか、よほどのことがあったにちがいない。

と、そのときだった！

「うわあ、なんだよ、これっ!!」

杉田に付いて先に行った連中が、口々にそんな声を上げて、立ち止まっている姿が見えた。

わたしは急いでかけつけてみて、おどろいた。

まっすぐにのびた橋。

その上を通る道の両側に、累々と置かれた花束や供えもの……。その数たるや、はるかに想

像をこえている。
「……やっぱりな」
あっけにとられて、その光景を見ていたわたしの横で、石坂がぽつりとつぶやいたのを、わたしは聞きのがさなかった。
「杉田。ここはな、遊び半分できていい場所じゃないぞ。もういいから帰ろうぜ」
わたしがそういうと、杉田は仁王立ちになってこちらを向き返り、とんでもないことを口走り出した。
「いいかおまえら。おれは親父が死んだときも、じいさんが死んだときも、その場にいた。だけどな、不思議なことなんか、ただの一度も経験したことはない。
人は死んだら土になる、そう教わったろ？　第一こいつら見ろ。なにかで失敗したか、それとも単純に、にげたいだけか、たったそれっぽっちの理由で自殺したんだろ？　いわば敗北者だろうが！」
それを聞いた一同は色めきたった。
「なんてこというんだ杉田！　仮にもこんな場所で、よくそんなことがいえるな、おまえ！

なにが起こったって知らねえからな！」

しかし杉田は、わたしのいうことなど、まったく意に介さず、くるりときびすを返すと、道のわきに置かれた小さな花束に向かって歩いていく。

なにをする気かと見守る我々のまえで、杉田はさらにとんでもない行動に出た。

「おらぁ！　こんなもの、こうだ！　こうだ！　こうだ！」

いまは、かれかかった花束を、杉田はなんと、力任せにぐしゃぐしゃとふみ付け出したのだ！

「杉田っ!!　おまえ、いいかげんにしろよっ！」

なん人かがそうさけぶと、杉田をおさえにかかり、なんとかその蛮行を止めさせた。

ふみにじられた花束は無残につぶれ、いっしょに供えてあったジュースや菓子類も、めちゃくちゃになってしまっている。

みんなの手からはなれた杉田は、おかしなポーズを作って、おどけて見せた。そしてカラカラと笑いながらいった。

「見ろ？　おれは平気だぞ。あんなことしたのに、まったく平気だぞ？　中村、おまえがよく

いう、たたりだ、のろいだってのは、どうやら即効性がないらしいな。わはははははは！」

〝若気のいたり〟という言葉はあるが、じょうだんじゃない。こんなことができるのは、若さゆえではない。人間性そのものの問題だ。

確かに杉田という男は、ふだんからお調子者的な存在ではあった。だが、この行動はその範囲をこえている。

その場にいた全員が、杉田の神をもおそれぬ行為におどろき、これ以上は付き合いきれないと、帰りじたくを始めた。すると、石坂がわたしに近づいてきていった。

「とちゅうまで帰る方向いっしょだよな。話があるから、ふたりっきりになったら、すまんがどこかのコンビニに寄ってくれ」

きた道を全員でもどって行き、国道に出たあたりで、それぞれが各々の家のある方向へと散っていく。

石坂とふたりになったことを確認し、手近なコンビニを見つけて、わたしたちはそこでバイクを停めた。

店で缶コーヒーを買い、駐車場のはしの方に移動すると、ふたりして地べたにすわりこんだ。

少しの沈黙のあと、石坂が静かに話し出す。

「山道を登っていくと、右手に赤い橋が見えてきたろ？　最初にあれが目に入ったときから、なんだかおかしな違和感を覚えたんだ。なんていうかな、こう、まるでなにかの舞台みたいな……よ」

それがいったいなにを意味するのか、その時点では見当もつかなかったわたしは、なぜあれが舞台に見えたのかたずねた。

「人がな、それこそたくさんの人が、橋の上に並んで見えたんだ。だから一瞬、なにかの撮影か、それともあんな場所に、野外の舞台かなんかがあるのかと思った……」

それが、とんでもないかんちがいだとわかるまで、そんなに時間はかからなかった。

なぜなら、その居並んだ人物すべての〝縮尺〟が、どう見てもおかしいことに気づき、そして、それらが橋から次々に飛び降りる姿を、目の当たりにしたからだというのだ。

それがなぜ、石坂にだけ見えたのか。それとも、他にも見た者がいたのか……。

明日にでも他の連中と落ち合い、それとなく聞いてみようということになり、わたしは石坂と別れた。

翌日、学校から帰ると、家の電話がけたたましく鳴っている。出てみると、杉田の姉さんからだ。

杉田の姉さんは、地元では有名な〝レディース〟のリーダーだったこともあり、おこると鬼よりこわいことで有名だ。なぜかわたしのことは、まえからかわいがってくれて、杉田のことで、いろいろと相談に乗ったり乗られたりという、不思議な間がらだった。

「あんたさ、うちのバカと、いまいっしょ？」

「あいつとは夜中に別れて、それっきりだけど……」

わたしがそう答えると、杉田は昨日の夕方に家を出てから、いまだにもどっていないという返事。

「とにかく、どこかで見かけたら、すぐに家に電話しろって伝えて」

そう続けて、杉田の姉さんは電話を切った。

わたしはすぐに杉田が寄りそうな所を、一軒ずつあたってみたが、別れて以降の足あとをたどることはできなかった。

その晩、いつもの場所に出そろった全員にも聞いてみるが、だれひとりとして、杉田の所在を知る者はおらず、みな一様に首をかしげるばかりだった。

「万一なにかしでかして、警察にやっかいにでもなってるなら、それこそすぐに連絡がくるはずだしな。とにかくいまは、みんなで手分けして心当たりをさがしてみよう」

そうはいってみたものの、わたし自身、もうこれ以上、どこをさがしていいのかがわからなかった。

なんだか全員が、釈然としないものをかかえながらも、その日はそのまま解散した。

ところが、その翌日かかってきた一本の電話が、事態を急展開させた。

その翌日は日曜で、わたしは昼食をすませると、行きつけのバイクショップへ向かおうとしていた。と、そこへかかってきた一本の電話……。

母が受話器を取った声が、玄関にいたわたしにも聞こえてくる。

「まぁ杉田さん、いつもうちの息子がお世話に……は!? な、なんですって! そんな……少々お待ちください!」

くつをはきかけていたわたしを、母が呼び止めた。電話の先が、杉田の家からであることは承知していた。

「もしもし、電話代わりました。……」

電話の相手は、杉田の母親だった。

声にならぬ声で泣きじゃくり、なにをいっているのか聞き取れない。

だが、その嗚咽交じりの声で、〝息子が死んだ〟といったのだけは聞きのがさなかった。

悲しみのうずに飲みこまれ、満足に話せぬ杉田の母から、電話はいつしか杉田の姉に代わっていた。

「明日自宅で通夜だから、みんなできてやってよね。それでね、ちょっとあんたに話しておきたいことがあるから、そのあと時間空けといて」

翌日、学校が終わるとすぐに、わたしは杉田の自宅へかけつけた。

わずかばかりの香典を納め、仏間に置かれたひつぎの中をのぞくと、頭部が包帯でぐるぐる巻かれた、変わり果てた杉田の姿があった。なぜだか涙は出なかった。

「ちょっといい？」
焼香をすませ、杉田の遺影をながめていると、杉田の姉さんがわたしを呼んだ。
「すごいでしょ、あいつの顔、包帯だらけでさ。原形とどめてないんだわ、顔。完全に自損事故だって警察がいってた。駐車してあった車に、猛烈なスピードで自分からつっこんだって。ただね……」
杉田の姉さんは、そこでひと呼吸置き、それから顚末を静かに語り出した。
杉田が事故を起こしたのは、あの日我々と別れた直後だった。通常ならすぐにも連絡が入るところだろう。ところが、あまりに速い速度で車につっこんだため、バイクは数十メートル先までふっ飛び、そのときにナンバーや車検証が方々に飛び散った。
その上、車体はめちゃくちゃにねじ曲がり、フレームに打刻されてあるはずの車体番号までが、すっかりけずれた状態になっていたという。
杉田自身もはるか遠くまで飛ばされ、遺体はすさまじく損傷した状態で見つかった。免許証、なにもかもがどこかへ飛んで行き、身元を確認するための材料が、なにひとつない。
そこで警察は、大勢の職員を導入してのローラー作戦に打って出て、百メートルもはなれた

植えこみの中から、ナンバープレートを発見できたそうだ。
「遺体を引き取りに行ったとき、交通機動隊に回ってくれといわれて、母とふたりで担当官を訪ねたんだけどね……」
そこまでいうと、杉田の姉さんはくちびるをかんで、おしだまった。そして少し間を置いてつぶやいた。
「あんなことって、あるもんかね……」
わたしは、ためらいながらたずねた。
「なにがあったの？」
警察でいくつかの手続きをすませ、席を立とうとするふたりに、ひとりの白バイ警官が近づいてきてこういった。
「事故を起こした単車は、裏の倉庫に入ってます。あれは４００ccですので、このまま放置すると、車検の通知や税金の請求も届いてしまいます。ですので、やはりここは抹消の手続きをおすすめします。
お母さん、息子さんが乗ってらしたものですから、最後にひと目だけでも、見ておいてあげ

てください」

そううながされ、ふたりは警察官に連れられて建物の裏へと向かって行った。

そこには、シャッターが閉まったガレージのようなものがたくさんあり、どうやら杉田が事故を起こしたバイクは、そのいちばんおくに格納されているらしかった。

そのまま歩いて行くと、まえから少し若い白バイ警官が近づいてきて、「班長、例のバイク事故の？」と聞いてきた。

そこから警官ふたりが足早におくへと向かい、あるひとつのシャッターを開けているのが見えるが、なにやらようすがおかしい。ふたりはうでを組み、そこに横たわる、こわれ果てたバイクを見つめ、なにやらいい合っているように見える。

杉田の姉さんは、なにが起こっているのかと、歩調を速めてシャッターに近づいていった。

そのとたん、担当の警察官があわててさけぶ。

「ちょ、ちょっと待っててください！　そこにいて！」

それ以上近づくなとでもいいたげな態度だった。

「母はともかく、あたしはそれをおし切って、近づいて行ってね。バイクを見たのよ……」

めちゃくちゃにひん曲がり、まるで原形をとどめていない杉田（すぎた）のバイク。
その上には、同じようにくしゃくしゃにふまれたような、かれた花束が置かれていたという。

赤ちゃん人形

小学五年生のとき、生まれて初めて〝彼女〟というのができた。

できたとはいっても、昭和の小学生の話である。学校でおしゃべりしたり、公園でブランコに乗ったり、交換日記をつけてみたり、そんな感じだった。

でもそんな他愛ないやり取りが、わたしにとっては、すごく新鮮で、すごく斬新な時間だった。初めて〝手編みのマフラー〟をくれたのも、彼女だったと思う。

もっとも学校などでは、友人たちの目もあり、なかなか彼女と満足に話もできない。そんな理由もあって、あるころから毎夜、わたしの自宅に電話がかかってくるようになった。

そのころわたしが住んでいた祖父母の家は、茶の間のど真ん中に、電話が置いてあった。い

まとちがい、携帯電話はおろか、〝家電〟にもコードレスなどありえず、電話がかかってくると、茶の間にいる家族のまえで話さなければならない。

小学生のことなので、さほどこみ入った話もなく、会話の中身といえば、テレビ番組や漫画のこと。しかし、そういうものの好みには、男女のちがいがかなりあって、なかなか話がかみ合わない。

ましてや、その場には祖父母がいて、気はずかしさで、わたしは少しでも早く電話を切りたいと思いながら話していた。

タイミングを見計らい、わたしはすかさず「じゃあ、また明日ね」と切り出す。いつもそれはわたしの方からで、一度として彼女からそれをいい出したことはなかった。

ところが、その〝電話を切る〟間際に、いつのころからか、ある決まった音が聞こえることに気づいた。

クゥエエエェェェ

音とも声ともつかない音。

こちらが「じゃあね」と切り出し、彼女もそれに合わせて「うんじゃあね」と返してくる、その「うん」と「じゃあね」のあいだ目がけて、この音が、受話器のむこうからひびいてくるのだ。

いったいなんの音なんだろうとは思いつつ、わたしは、それを彼女に聞きそびれていた。

そんなある日のこと、帰りがいっしょになり、歩いていると、ふいに彼女がいった。

「今日これから、うちに遊びにこない？」

彼女の家はわたしの家の近所にあり、大きな通りに面した場所で、自動車整備工場を営んでいる。

いったん家にもどり、鞄を置くと、わたしはそそくさと身じたくを整え、大通りにある彼女の家へと向かった。

一階が工場、二階・三階が住居で、彼女の部屋は二階の通り側にあった。

初めて入る、同い年の女の子の部屋……。

ちょっとドキドキしながら入ると、そこには、広くてきれいな女の子の世界が広がっていた。整理整頓が行き届いていて、所々にかわいらしいぬいぐるみや、はやりのキャラクターなどが置かれている。

しかも部屋のすみには、なんと彼女専用の電話機が置かれているではないか。

「す、すごいな！　専用の電話があるんだね！」

わたしがいうと、彼女は、少しはにかみながら首をふった。

「親子電話だから、いちいち切りかえなきゃならないの」

そのころは、電話は〝一家に一台〟という時代から、少しずつ〝一家に複数台〟に変わって行く移行期。しかし複数台置いても、最初に取れるのは一台だけで、それを手動で話したい電話機に切りかえる〝切りかえ式〟の親子電話が多かった。

それでも自分の使いたいときに使えるわけだし、わたしからすれば、途方もなくうらやましいかぎりだった。

そしてわたしは、あることに気づく。

彼女の電話機は〝服〟を着ていた。

これも、いまではまったく見ない光景だ。当時、家庭に置かれた電話機は、そのほとんどが〝黒電話〟。真っ黒な電話機は殺風景なせいか、それ以降、手編みのレースやカラフルな布で作られた〝電話機の洋服〟は、いろんな場所で見かけるアイテムのひとつとなった。

そのときのわたしには、その電話機の服がとてもめずらしくて、近くへ寄ってまじまじとながめていた。

「なぁに？　これほしいの？」

すると近づいてきた彼女は、こんなことをいい出した。

なにごとかと思い視線を向けると、電話上のたなに置かれていた、一体の人形をかかえてほほえんでいる。

それは高さが二十センチほどの、赤ちゃんを模した人形で、両手両足をまえに投げ出し、ちょこんとおすわりした形を取っている。その人形も、同じようなレースの洋服を着ていた。

「え!?　いやいや、ぼくはこの電話機を見てたんだよ」

わたしがそういうと、彼女は人形を持ってテーブルの方へ行き、「そうなんだ～かわいいでしょ、これ」といいながら、おもむろにそれをテーブルの上にすわらせた。
と、そのとたん、人形はゆっくりとまえにたおれていき……。

クゥエエエェェェ

「こっ、こっ、この人形、電話で話すとき、いつもだいてる??」
長年にわたる疑問を解消する機会とばかりに、わたしは声を張って彼女に聞いてみた。
「え～？　なにいってるの？　そんなことしてないよ。この子さわったのだって、ずいぶんひさしぶりだし。なんでそう思うの？」
彼女の問いかけに、以前からその声が聞こえていたことをわたしは伝えたが、彼女は「さわってない」の一点張り。
そこからは「だいてたろ」「だいてない」のおし問答となり、わたしは適当なころあいを見計らって、「わかった」と切り上げた。
わたしの家の中の状況を伝えたあとは、彼女からの電話も若干少なくなったが、それでも電話を切る間際に聞こえるあの音は、その後もずっと継続していたように思う。

小学校を卒業すると同時に、わたしは他の町へと引っこすことになっていた。
それを彼女に伝えると、なんと彼女も、別の土地へ転居するのだという。
「どのみち、同じ中学へは、いっしょに行けなかったんだね」

そういった彼女の表情は、とてもさびしそうで、おたがいの親の都合によって引きさかれる悲しみをものがたっていた。

中学校に上がり、わたしは別の学区へ通い始めた。

小学生時代とは、まったくちがう学校生活。見るもの聞くものが目新しく、わたしなりに充実した毎日を送っていた。

そんなある日のこと、学校から帰ると、母が一通の手紙をわたしに手わたした。

差出人を見ると彼女の名前。中の便せんには、交換日記で見慣れた、かわいい丸文字がびっしりとつづってあった。

内容はというと、やはり学校でのことや、新たにできた友だちのことばかり。わたしも便せんを取り出し、すぐに返事を書いて送り返した。

それからというもの、月に一度程度の文通が始まり、わたしも必死になって、きたない文字を便せんに書きつけていた。

ところがそのうち、日を追うごとに、彼女からの手紙は増えてゆき、最終的にはほぼ毎週届

くようになったのだ。

さすがのわたしも、これには対応しきれず、いつしか返事をしないということが、自然に増えていった。そのころのわたしは、部活に専念していたこともあり、しだいに届いた手紙さえも見なくなっていった。

すると、彼女からの手紙は少しずつ減っていき、いつしかフェードアウトするように、いっさい届くことはなくなった。

それからなん年かが経過した、ある日のこと。

わたしが帰宅すると、母が「さっき女の子から電話があったわよ」という。

だれからかと聞くと、それはまぎれもない、あの彼女からであった。

「おそくてもいいから、電話ちょうだいって……」

その伝言を聞いたわたしは、なつかしさと、手紙の返事を書かぬまま、放置していたうしろめたさとが交錯し、なんともいえぬ感覚におちいっていた。

その日は家に持ち帰った課題が山積していて、つい彼女に電話をかけることを失念してし

まった。

次の日の夜おそく、風呂に入って、そろそろねようとしていたところへ、突然電話がかかってきた。あわてて出てみると相手は彼女……。

「ご、ごめん！　いそがしくて、電話するのすっかり忘れてた！」

そう伝えると、彼女は一瞬さびしそうに笑い、「元気だったの？」と続けた。

それから少しの間、たがいの現状などを伝え合っていたのだが、ふとした言葉の切れ目で、「それじゃね。元気で」と切り上げようとする。

わたしも「あ、ああ、おたがいに」と伝え、なんだか、とてもぎこちない空気を感じてたじろいだ、その瞬間だった！

ぐううううえええええええええええええぇぇぇぇぇぇ

耳からはなしかけた受話器から、飛び上がるほど気味の悪い声が、ひびきわたった。

「え！　ちょ、もしもしっ！」
あわてて受話器を耳に当て直すが、すでに通話は切れていた。
わたしはすぐに、母に教えてもらった電話番号へかけ直した。
ところが、聞こえてきたのは……。
「この電話は、現在使われておりません」
まるでキツネにつままれたような感じがして、わたしはしばらくの間、受話器をにぎったまま、ぼーっとしていた。

それ以来、彼女から連絡がくることもなく、連絡先もわからぬまま、わたしはいつしか彼女のことを、思い出すことすらなくなっていった。

わたしは十八歳になり、あたりまえに車の免許を取得。日々仕事に勤しむ毎日を送っていた。新しい彼女もできた。
ある晩のこと。その日はずいぶんおそくなってしまい、わたしは彼女を連れて、自分のア

パートにもどってきた。
彼女とは、付き合い始めて数か月がたっていたが、彼女がわたしの部屋へくるのは、この日が初めてだった。
アパートのまえでタクシーを降りると、わたしは彼女をともなってドアを開け、彼女を先に部屋に上げて、近くの自動販売機に飲みものを買いに行った。
その間、ほんの3〜4分。
わたしは買ったものをかかえ、小走りで部屋へもどった。
ドアを開けた瞬間、目のまえに彼女が立っていて、そそくさと、くつをはこうとしている。
「え？　なんで？　どこ行く……」
わたしがそういい切るまえに、彼女はキッとこちらに向き返り、はき捨てるようにいった。
「あたし、こういうのむりだから！　帰るっ！」
そういって出て行ってしまった。
あとにひとり残されたわたしは、なにがなにやらわからず、最後に彼女がいった言葉にさえ霧がかかり、ふつふつとわき上がるいかりをおさえることだけに終始していた。

数日後、彼女の友だちから電話があった。

「あの子となにがあったの？」

と聞く友だちに、それを知りたいのはわたしの方であり、なにがなにやらわからないと伝えた。すると友だちは、彼女に真相を問いただしてみるといってくれた。

その日の晩、ふたたびその友だちから電話があり、いまからこちらへくるという。

一時間後、わたしの部屋にきた友だちが語った真相……。いま、思い出しても寒気がする。

「なにがあったの？　って聞いたのよ。最初はだまったまま、なにもいおうとしないから、『このままじゃ彼だって納得しないでしょ』っていったの。そしたらね……」

あの晩、わたしが飲みものを買いに行ったあと、彼女は部屋の明かりとヒーターをつけ、こたつにもぐりこんだ。

スイッチを入れしばらくすると、おくへのばした足の先を、なにかがキュッとつかむのがわかった。気のせいかと思っていると、こんどは反対の足先をキュッとつかまれた。

いったいなにがつかんでいるのだろうと、彼女はためらうことなく、こたつの中をのぞきこんだ。

「……そこには赤ちゃんの人形があったんだって。その広げた両手に、自分の足がふれてたんだ……そう思った彼女は、その人形を取り出そうと、こたつの中に手を入れたらしいのよ。

そしたらその人形、彼女の手を、ぱしっとはらったって……。おどろいて中をまじまじとのぞいたとたん、その人形が声を上げたんだって。

『ぐううううえええええええええええぇぇぇぇぇ』って……」

それを聞いて、わたしは部屋をくまなくさがしたが、そのような人形が見つかることはなかった。

死後の世界

〈ある〉〈なし〉は、この際置いておく。

実はわたしは、この先、かならず訪れるであろう、〝異界〟への旅立ちを楽しみにしている。断っておくが、「死にたい」ということでは、決してない。

世界の国々には、さまざまな宗教や宗派がある。そして、そのほとんどは〈天国〉と〈地獄〉という概念を表現している。

善い行いをすれば〈天国〉、その逆であれば〈地獄〉という、実にわかりやすい発想だ。

あの世の存在を信じるか？　といわれれば、即座に「もちろん信じる」と答えたいところではあるが、よく絵に描かれるような、いわゆる〈天国〉と〈地獄〉に関しては、わたしは懐疑

的だ。

背中から羽がつき出した天使とたわむれたり、赤鬼にかまゆでにされたりというのは、あくまで先人たちが、もののたとえとして表現した、いわば一種の教訓であり、だれもがわかるような比喩として持ちこんだものだろう。

ではそれらの二世界が、まったく存在しないのか……というと、それもちがうように思う。

ここからはあくまでも、わたしの主観によって構成した概念なので、賛否両論あってしかるべきだと思う。

わたしが想像する〈天国〉とは……。

それは、ごくごくあたりまえな日常であり、そこは完全なる精神世界で成り立っている。羽の生えた天使もいないけれど、日々安心して暮らしていける日常。

現世ではふつうにあった、病気、けが、争いなどはまったくなく、空腹も差別も貧困もない。

いわばこれは、全人類が夢見て止まない、理想の世界そのものではないだろうか。

それでは逆に〈地獄〉とは……。

それは実におそろしい世界だ。でも針の山があったり、血の池があったりというのではない。なにもない、なにも聞こえない、なにも感じない、だれもいない、なにも見えない。

ただただ〝空〟にただよい、手をのばしても、さけんでも、そこは光すらささない漆黒の闇。

わたしはこれこそが、仏陀が悟った〝無〟であり〝空〟なのだと思う。

しかしそこは、いわば出発点であり、原点回帰の場。すべてがリセットされた状態だ。

現世で悪行を重ねた者は、この空間に投げこまれ、いつ訪れるともわからない、再生のときを待つ。

現世での〝修行〟を全うすべく、リセットされた彼らではあるが、実はこのときひとつの〝罰〟が与えられる。

それが前世からの因縁を引きずる〝カルマ〟だ。カルマというのは、かんたんにいってしまえば〝行為〟のこと。〝こうするから、こうなる〟という因果関係のある〝行い〟。〝業〟ともいう。

〝空〟に投げこまれた彼らは、カルマという足かせをつけられ、前世でなんらかの〝縁〟を持った男女のもとに再生し、過去に犯した罪をつぐなうことができるまで、これをくり返す。

これが〝輪廻〟だ。
考えてみてほしい。これほどおそろしい〝地獄〟はない。
実はこれ、わたしが子どものころから変わりなく、そして、いまもいだき続けている概念なのだ。

なんだか宗教的な話になってしまうが、わたしは宗教家ではない。
生きている間になにをいっても、死ねばすべてが明解になることだ。

だからわたしは、異界への旅立ちを楽しみにしている。
そのときに向かって、ひたすら精進しよう。
心からそう思う。

最後に

この本の中には、思わず目を背けたくなるような惨状や、そのような表現がされている箇所が出てきます。読んでいただける方の様々な年齢を思うとき、そこに配慮し、表現を変えるべきだったのかもしれません。

しかし現実はちがいます。

たとえこの本の中でそれをかくし、あたりさわりのない言葉づかいでいい表しても、現実は常に過酷なものです。それで純然たる「人の死」「人の心」「人の道」を描くために、あえてこうした表記、表現を用いました。

この日本には、様々なすばらしい文化が継承されています。

歌舞伎、文楽、講談、落語……。それらの中で命を説き、人の情けや魂を称えてきました。

そしてそのすべての文化には、いつの時代も〝怪談〟がつきものでした。怪談を通して「命とは？　人の情けとは？　そして魂とは？」と問うてきたのです。

そんなすばらしい継承があるにもかかわらず、現代はどうでしょうか？

人の亡くなった場所を〝心霊スポット〟と称してあざける、神社仏閣にいたずら書きをする、どこへ行ってもスイッチひとつで明かりが灯り、真の闇はどこにも見あたらない……。

そう。本当の闇は、人の心の中にのみ存在するようになったのです。

わたしは幼少のころから、数々の怪異を目のあたりにしてきました。その中には、おそろしいもの、不思議なもの、悲しいものなどが混在し、多種多様な思い出として形作られています。

「なぜわたしなんだ？　なぜいまなんだ？　なぜ……？」

怪異に出会うたびに、いく度となく同様の疑問がわき、答えの出ないことと知りながらも、母に問うてみたこともありました。

そしてその答えが、ここへきてやっと、見えてきたように思えます。

そう。それこそがこの本の存在なのです。

わたしは過去、数々の教育機関に招かれて、〝道徳怪談〟なるものを実施してきました。しかし、子どもたちに〝本当の怪談〟を示す機会にはめぐまれなかったように思います。

この本にある数多くの話を、読者が「怖い」と感じるか、「気持ち悪い」と感じるか？　そんな中で、もし「なぜ？」と感じる読者がいたならば、わたしの役目は果たされたことになる、そうわたしは考えています。

なぜ彼女は死にいたったのか？　なぜ彼はそこまでのうらみを持ったのか？　そして、なぜこの世に想いを留まらせているのか？

すべてを読み終えたとき、そんな多くの「なぜ？」を読者が感じてくれたなら、わたしは嬉しいかぎりです。

数百兆分の一の確率でビッグバンが起き、数十兆分の一の確率で銀河系ができ、数兆分の一の確率で太陽系ができ、数百億分の一の確率で地球ができ、数十億分の一の確率で人間が誕生し、数億分の一の確率であなたが生まれました。

人を殺しえるほどの苦しみも、自ら命を絶つほどの悲しみも、この途方もない数字のまえには存在しない……ということを知っていてほしいと思います。

中村まさみ

北海道岩見沢市生まれ。生まれてすぐに東京、沖縄へと移住後、母の体調不良により小学生の時に再び故郷・北海道に戻る。18歳の頃から数年間、ディスコでの職業ＤＪを務め、その後20年近く車の専門誌でライターを務める。
自ら体験した実話怪談を語るという分野の先駆的存在として、現在、怪談師・ファンキー中村の名前で活躍中。怪談ネットラジオ「不安奇異夜話」は異例のリスナー数を誇っていた。全国各地で怪談を語る「不安奇異夜話」、怪談を通じて命の尊厳を伝える「道徳怪談」を鋭意開催中。

著書に『不明門の間』（竹書房）、オーディオブックＣＤ「ひとり怪談」「幽霊譚」、監修作品に『背筋が凍った怖すぎる心霊体験』（双葉社）、映画原作に「呪いのドライブ　しあわせになれない悲しい花」（いずれもファンキー中村・名）などがある。

●校正　株式会社鷗来堂
●装画　菊池杏子
●装丁　株式会社グラフィオ

怪談 5分間の恐怖　見てはいけない本

発行	初版／2017年3月　第8刷／2019年12月
著	中村まさみ
発行所	株式会社金の星社 〒111-0056　東京都台東区小島1-4-3 TEL　03-3861-1861（代表）　FAX　03-3861-1507 振替　00100-0-64678　ホームページ　http://www.kinnohoshi.co.jp
組版	株式会社鷗来堂
印刷・製本	図書印刷株式会社

254ページ　19.4cm　NDC913　ISBN978-4-323-08115-1

乱丁落丁本は、ご面倒ですが小社販売部宛にご送付ください。
送料小社負担でお取り替えいたします。

© Masami Nakamura 2017
Published by KIN-NO-HOSHI SHA, Tokyo Japan

JCOPY 出版者著作権管理機構 委託出版物

本書の無断複写は著作権法上での例外を除き禁じられています。複写される場合は、そのつど事前に出版者著作権管理機構（電話 03-3513-6969　FAX03-3513-6979　e-mail: info@jcopy.or.jp）の許諾を得てください。
※ 本書を代行業者等の第三者に依頼してスキャンやデジタル化することは、たとえ個人や家庭内での利用でも著作権法違反です。

怪談5分間の恐怖

怪談師　中村まさみ

『また、いる……』

坂本んち／はなれない／安いアパート／幽霊が出るんです……／かくれんぼ／ファミレス／機械音／あぶらすまし／トイレを囲む者／写真の女性／たみさん／風呂にいるもの／タクシー／はじめての金しばり／ハウススタジオ／ありがとうの手話／ミキサー室の霊／空からの声　他

［全30話］

『集合写真』

ガソリンスタンド／喫茶店の霊／ドラム缶／自転車と東京大空襲／サザエのふた／故人タクシー／うしろの正面／厳重事故物件／呼ぶ者いく者／白い家の思い出／湿疹／前世の縁／工場裏の廃車／恩賜の軍刀／座敷童との夜／呼ぶ少女／人形のすむ家／沖縄の思い出　他

［全35話］

『人形の家』

たたみ／午後四時に見ると死ぬ鏡／出るアパート／キハ22の怪／フクロウの森／拾ったソファー上から見てる／わたしが心霊スポットへ行かない理由／子ども用プール／呪いのターコイズ／乗ってる……／池袋の少年／必ず転ぶトイレ／頭骨の授業／となりの住人／生きろ　他

［全33話］

『病院裏の葬り塚』

通用口／こわれる女／土人形／深夜の訪問者樹海で拾ったもの／南方戦没者たちとの夜／人形に宿る思い／入ってくる……／廃線の鉄橋血吸いのふみ切り／箱／非情怪談／片方だけ霊たちの宴／百合の塚／開かずの間／文化住宅／風の通るホテル／あの世とこの世　他

［全35話］

『見てはいけない本』

校内放送／戦友／猫喰い／名刺／もらった家幽霊マンション／お化けトンネル／こっくりさん笑う男／あっ！／カチ、カチ、カチ／化粧鏡／細い手／初めての話／はなれ／見てはいけない本／古着屋／こわい話／民宿／原状回復工事花束／赤ちゃん人形／死後の世界　他

［全35話］

http://www.kinnohoshi.co.jp